Silvia Hein

Das Schlangentor

Wandlungen

Märchen
Geschichten
Gedichte und Zeichnungen

Bibliografische Information der Deutschen Nationalbibliothek:
Die Deutsche Nationalbibliothek verzeichnet diese Publikation in der
Deutschen Nationalbibliografie; detaillierte bibliografische Daten sind im
Internet über dnb.dnb.de abrufbar.

Silvia Hein „Das Schlangentor" – Wandlungen
© 2009 Erstausgabe in der Edition Octopus
Verlagshaus Monsenstein und Vannerdat OHG Münster
© 2017 überarbeitete Neuauflage,
Herstellung und Verlag BoD – Books on Demand, Norderstedt
Covergestaltung:
Christina Riecken, Dießen, nach einem Entwurf von Silvia Hein

ISBN 9783744814843

Zugleich im BoD-Verlag erschienen:
© 2017 Silvia Hein „Die Bärenalte", Landschaften der Seele

Dieses Buch widme ich meinen beiden Söhnen Christian und Sebastian und meiner Tochter Sabine. Danke, dass ihr in mein Leben getreten seid! Dieser, mein Zaubergarten mit all den Geschichten, Gedichten und Zeichnungen ist mein Vermächtnis an euch!
Sie sind in der Zeit von 1977 bis 2007 entstanden und wollten nun endlich aus der Schublade heraus.

Und ich widme dieses Buch meinen Geschwistern Hanni, Elfi, Susanne, Eva und Peter. Und auch euch allen, ihr meine „Schwestern-Freundinnen" die ihr mir Gefährtinnen auf meinem Lebensweg ward und seid, ich hoffe, ihr fühlt euch angesprochen, auch wenn eure Namen nicht extra genannt sind.

Diese Neuauflage widme ich besonders meinem Sohn Christian, der im März 2013 gestorben ist: „Auch wenn dein Platz hier im Irdischen nun schmerzhaft leer ist – in meinem Herzen bleibe ich dir verbunden! Danke für die Zeit, die du mit uns geteilt hast!"

Mein Raum

geheiligt durch euch
Schwestern
eure ureigene Präsenz!
Jede ein Spiegel
meines Reichtums
ein Teil meiner Seele
– wie auch ich
Spiegel und Teil
eurer Seele bin –
Gefährtinnen
auf dem Weg
zum inneren Selbst!

Lasst *uns* feiern!
Denn stark sind wir
und gut
– selbst in der
Kleinlichkeit
der Verzagtheit
vor der keine gefeit ist!

Heute vergessen wir
die Gefräßigkeit
des Alltags
und schauen auf das
was unser Leben ausmacht:

in heftigen Geburtswehen
öffnen wir uns dem Neuen
das in die Zeit drängt
überlassen wir uns
der wandelnden Kraft
die nichts mehr
beim Alten lässt!

Es ist gut
in dieser Zeit
eine Frau zu sein!

Inhaltsverzeichnis

Einleitung

„Schaue über das Land und werde still, dann hörst du seine Geschichten und seine Lieder, die der Wind dir singt."   (Weisheit der Indianer)

Ich bin Märchenerzählerin, schon viele Jahrzehnte lang. Seit meiner Kindheit haben mich diese besonderen Geschichten fasziniert, bewegt und in ihren Bann gezogen. Sie haben mir so oft in und aus schwierigen Situationen geholfen und waren mir in meinem Leben die treuesten Freunde. Nicht nur die Märchen, die uns schriftlich überliefert sind, Märchen aus den verschiedensten Kulturen der Welt, auch die Märchen, die sich mir geschenkt haben. Geschichten, die plötzlich da waren, wie aus dem Nichts, die mich nicht eher hatten ruhen lassen, bis ich sie aufgeschrieben habe.

„Geschichten sind immer schon da", hatte ich meinen Kindern oft gesagt, „sie sind ständig auf der Suche nach jemandem, der sie wahrnimmt, sie erzählen oder aufschreiben will. Du musst nur ganz still in dir werden, die Augen zumachen und lauschen."

Dieses „Lauschen" ist nicht einfach ein Hören, es ist ein empfängliches Nach-innen-Hören, ein über das übliche Hören hinausgehende „Mit-dem-Herzen-Hören". Ähnlich wie Antoine de Saint-Exupéry seinen kleinen Prinzen sagen lässt: „man sieht nur mit dem Herzen gut." Wer kennt und kann das noch – dieses Lauschen!

In meiner langen – auch therapeutischen – Beschäftigung mit den Märchen haben sich mir diese Geschichten immer mehr erschlossen, auch meine eigenen. So wie sich mir dadurch auch immer mehr meine Träume erschlossen hatten. Ich begann diese Sprache zu verstehen! Welch eine Entdeckungsreise nach Innen! Dabei erfuhr ich auch, dass das Medium dieser Geschichten das mündliche, das freie Erzählen ist, denn da können sich diese Geschichten im Zuhörenden so richtig entfalten. „Märchen hören ist wie Musik hören, bei beiden klingen tiefere Schichten unseres Seins an und lassen innere Bilder lebendig werden", habe ich in meine Flyer geschrieben.

Märchen berühren uns, denn sie erzählen vom Leben – aus einer anderen Perspektive. Sie sind wie ein Fenster nach Innen, wie ein Zauberspiegel, in dem wir uns auf wundersame Weise selbst erkennen können. Sie erzählen von Angst und Verführung, von Mut und Hingabe, von Liebe und Verzweiflung. Sie erzählen von all den Herausforderungen, Schwierigkeiten und Gefahren, denen wir auf unserem Lebensweg begegnen können und davon, wie – und dass – wir diese meistern können.

So begann ich meine Laufbahn als Märchenerzählerin.

Ah! Märchenerzähler und Märchenerzählerinnen!

Wir werden immer mehr! Als spürten wir den Ruf der Zeit. Ja, wir spüren sie, die Sehnsucht nach dem Verwunschenen, Verborgenen, dem Wundersamen…

Seit der industriellen Revolution wurden die verwunschenen Gärten und verträumten Ecken, die tiefen, weglosen Wälder und geheimnisvollen Moore in unserem mitteleuropäischen Raum immer mehr zurückgedrängt. Nicht nur im Außen!

Die Technik und die Ratio, oder vielmehr der Zweckrationalismus, fraß sie alle. Wie eine Krankheit, wie ein Krebsgeschwür fing er an zu wuchern, sich auszubreiten und alles zu verdrängen.

Wo bleibt uns in all dem Funktionierenmüssen, zwischen Arbeit, Terminen, Fernseher und Computer, Internet, Telefon, Handy – wo bleibt uns Zeit für: „Löcher-in-die-Luft-starren", Zeit für Versteck-Spiel mit den Kindern, Zeit für ziellos durch die Wälder streifen oder in einem verwilderten Garten einfach im Gras liegen, den Insekten zuhören, den Duft des Sommers atmen, den Wolken am Himmel nachschauen, mit nichts als einem zufriedenen Lächeln im Herzen?

Zeit ist rar geworden!

Zeit ist Geld!

Dies so gar nicht fassbare Ding, das uns durch die Finger rutscht, wenn wir es halten wollen, von dem wir nie genug haben und das uns von einem Termin zu nächsten hetzt – seit es Geld geworden ist. Selbst die Zeit der Kinder ist schon bis ins geht nicht mehr verplant.

Keine Zeit für Muße, für Lange-Weile! Kein sich verlieren in verträumten Stunden.

Wo kann die Seele noch tanken?

Aber: „Zeit kann man nur gewinnen, wenn man sie verschwendet" – wer verschwendet heute noch Zeit?

Zeit ist Geld!

Was tun wir unserer Seele an?

Hier fällt mir die Geschichte von dem Bauern ein, der Holz machen will. Dazu steigt er auf einen Baum und fängt an, einen Ast abzusägen. Ein Pfarrer kommt vorbei und sagt ihm, dass das wohl nicht gut sei, was er da macht, da er mit dem Ast herunterfallen und sich dabei das Genick brechen wird. Der Bauer versteht nicht, was der Pfarrer meint und sägt weiter. Weil er aber auf dem Ast sitzt, den er absägt, fällt er wirklich herunter. Jetzt glaubt er natürlich, dass der Priester ein Seher war und denkt deshalb, er sei nun tot und aus diesem Glauben heraus passieren ihm noch weitere skurrile Dinge, die aber ein anderes Mal erzählt werden.

Wir lachen natürlich über diesen dummen Bauern – doch ist das nicht ein schönes Bild für unsere, dem Zweckrationalismus verfallene Zivilisation. Hier steht der Ast als Symbol für ganze Regenwälder, die wir abholzen, ohne zu verstehen, was wir da tun. Als Symbol für wesentliche Teile unserer Psyche, die wir abspalten. Mythen, Märchen und Träume sind nicht nutzlos gewordenes totes Holz, auch wenn es für viele so aussieht. Sie sind notwendige Nahrung für die Seele, die den Erfahrungs-hintergrund des Einzelnen um den des kollektiven erweitert, die unserem Sein die nötige Tiefe, Farbigkeit und Vielschichtigkeit gibt. Wenn wir uns wieder das Bild der abgeholzten Regenwälder vor Augen führen, können wir ahnen, wie viel Farbe und Lebendigkeit der Welt verloren geht – und auch als Bild für das, was wir unserer Seele antun, wenn wir alle verwilderten Gärten auf pflegeleichte Koniferen-Friedhofs-Beete reduzieren, die weglosen Wälder mit zirkelgeraden Straßen durchpflügen, wenn wir alles Mystische, Unfassbare und Unnennbare einfach als Aberglaube abtun, eben weil es nicht messbar, berechenbar, erklärbar, nutzbar ist.

Schauen wir uns doch um: wenn wir nur unsere Vernunft leben, nur den Intellekt füttern, nehmen wir früher oder später Schaden. Wenn wir unsere Intuition verneinen und unsere Phantasie verkümmern lassen, können wir auch nicht unsere Intelligenz entwickeln. Denn nur wenn wir alle unsere Fähigkeiten entfalten und entwickeln, das heißt Gefühl, Phantasie und Verstand, werden wir wirklich intelligent. Und es zeugt ja nicht gerade von Intelligenz, wenn wir die Lebensgrundlage unseres Seins: Erde, Luft und Wasser vergiften und zerstören und die Probleme und Konflikte die zur Lösung anstehen nicht wirklich angehen.
Wir müssen unserer inneren Wirklichkeit mehr Raum und Zeit geben! Und dazu eignet sich das Eintauchen in die innere Bilderwelt, ob nun über Märchen und Mythen, über Träume oder das Träumen, über Phantasieren und Fabulieren oder über das Spielen. Übrigens: von Kindern – vor allem den kleinen, die noch nicht „verschult" sind, können wir diesbezüglich viel lernen.

Märchen sind weder Wunschbilder, noch Abbilder der Wirklichkeit, aber sie sind Bilder für die Erfahrung von Wirklichkeit! Z.B. für die Erfahrung von abgelehnt oder alleingelassen sein, von Bedrohung und Verlockung, von Angst und Bewährung. Wenn wir diese Geschichten lesen oder vorlesen, erzählen oder erzählt bekommen, schwingen diese Erfahrungen mit, sie brauchen weder explizit benannt, noch rational gedeutet werden, um ihre Wirksamkeit zu entfalten. Unser Unbewusstes weiß, welche Botschaften ihm das Märchen überbringen will. Vor allem wenn wir es öfter lesen oder hören, kann diese Botschaft immer tiefer sinken und auf anderen Ebenen, die ja auch zu uns gehören, wahre Wunder bewirken. Außerdem können wir alle: Kinder, Jugendliche und Erwachsene, im Schutz der Märchenbilder Probleme bedenken oder zur Sprache bringen, die wir vielleicht so nicht benennen können. Und das ist – gerade im Zusammenleben mit Kindern, aber nicht nur – oft sehr heilsam.

Ja! Die Märchenerzähler, Cantadores, Griots und Schamanen! (auch die weiblichen!!!) Sie sind unser Seelengedächtnis! Die „Sprach-Zauberer", die Weltenwandler zwischen der äußeren und der inneren Welt. Auch ich gehöre zu denen, die zwischen den Welten wandern. Als Märchenerzählerin und auch als Therapeutin – nein, diese Bezeichnung passt schon lange nicht mehr. Passender wäre: „Seelsorgerin", denn ich sorge mich um die Seelen, bin immer auf der Suche und folge ihren Pfaden, bis in die dichtesten Urwälder des Unbewussten. Bei mir selbst und bei denen, die mich deswegen aufsuchen, mich die „Pfadfinderin" – auch eine schöne Bezeichnung! Denn „den Bildern der Seele folgen" ist meine Passion und Bezeichnung meiner Arbeit. In Märchen, Träumen, Imaginations- und Seelenreisen enthüllt sich einem so viel Reichtum, kann die Seele Blüten treiben, lässt sie Früchte reifen.

Es gibt so viel mehr jenseits der engen Gassen der Funktionalität und unseres vermarkteten Alltags. Und schaut euch doch um: wie Pilze schießen sie aus dem Boden, die Fantasy-Spiele, die Fantasy-Filme und Fantasy-Romane. Wer kennt nicht „die unendliche Geschichte", den „Herrn der Ringe", „Harry Potter"? Es gibt eine noch nie dagewesene Flut von Märchensammlungen, Märchenbüchern, Märchendeutungen, neu geschriebener Märchen – meine hier sind in bester Gesellschaft! So, als wüsste die Zeit, was für sie Not-wendig ist. – Sie weiß es!
Ich erfahre es in meiner Arbeit, ich erfahre es, wenn ich erzähle. Ich werde so reich beschenkt!

Ja, Mensch-Sein ist ein spannendes Abenteuer und eine Reise in die Innenwelt ebenso aufregend, wie eine Reise in fremde Länder und Kulturen.
Ich lade Sie, liebe Leserin, lieber Leser jetzt auf so eine Reise ein, lade Sie ein, in diese Geschichten und „Wort-Bilder" einzutauchen und wenn auch nur eine oder eines davon Sie im Herzen berührt, hat dieses Buch „seine Schuldigkeit" getan.

Silvia Hein

Wandlungen

Die vorliegenden Geschichten und Gedichte (wie übrigens eine große Anzahl der überlieferten Märchen und Mythen) befassen sich – auf bildhafter Ebene – mit einer uns Menschen vorbehaltenen Form der Entwicklung. Denn zusätzlich zur horizontalen Entwicklung in die Zeit, entwickeln wir uns auch vertikal in seelisch-geistige Räume. Wir durchlaufen nicht nur die Phasen der verschiedenen Altersstufen, sondern auch die Phasen emotionaler und spiritueller Reifung, die sicher mit den verschiedenen Altersstufen verbunden sind, in sie hinein- und darüber hinaus wirken.

So gibt es in meinem Lebenslauf – und sicher nicht nur in meinem – immer wieder an bestimmten Stellen Umbrüche und Aufbrüche (im doppelten Sinn des Wortes). Meistens dann, wenn eingefahrene Verhaltensweisen und Problemlösungsstrategien plötzlich nicht mehr funktionierten. Wenn ich fassungslos vor den Trümmern meiner Träume, meiner Phantasien oder Vorstellungen stand, wenn Krankheits-symptome mir unmissverständlich klarmachten, dass etwas in mir sich in einem Missverhältnis, in einem Ungleichgewicht befand. Dann kamen die Träume, die Geschichten, die Gedichte und zeigten auf, was mich da in meinem Inneren bewegte, was sich verändern, sich wandeln wollte. Klopften an, behutsam, zeitlos, oder aufrüttelnd, drängend.
Ich schrieb zunächst alles auf, um so manches erst später zu verstehen. Und begriff mit der Zeit auch, dass vieles wirklich erst später von mir verstanden werden konnte, weil ich in diese Wandlungen, diese Veränderungen, die damals auf der Seelenebene schon vorbereitet wurden, erst hineinwachsen musste.

Sich in die seelisch-geistigen Räume hinein entwickeln heißt, sich seiner selbst immer mehr bewusst zu werden. Dies ist ein schmerzhafter Prozess, denn es geht dabei nicht nur um die akzeptierten, die uns geläufigen Anteile, die wir immer intensiver wahrnehmen. Sich der eigenen Wesensart bewusst werden, bringt unweigerlich die nicht gelebten, wie die ungeliebten Anteile ans Licht und die Projektionen, mit denen wir diese bisher in anderen abgelehnt und bekämpft hatten. Dieser Selbstwahrnehmungs-Prozess lässt immer spürbarer werden, wie eingefahrene Denk- und Verhaltensmuster unser Leben behindern, wie der Fluss des Lebens ins Stocken gerät. Das schmerzt und kränkt, denn noch messen wir dies an Richtig und Falsch, an gut- oder schlecht gemacht. Dabei wollten wir doch nur eines: alles richtig machen, gut sein, glücklich sein!

Aus diesen Kinderschuhen hinauswachsen, die eigene Größe und Begrenzung erfahren und annehmen, sich selbst annehmen in wirklich allen Facetten, ist der nächste Schritt der seelisch-geistigen Entwicklung und bringt das Annehmen des Anderen unweigerlich mit sich.

Meistens hören die Geschichten dort auf, wo die Wandlung, die Veränderung angenommen und dieser notwendig gewordene, nächste Entwicklungsschritt getan wurde. Das Hineinleben und Hineinwachsen in diese neuen Räume geschieht dann auf der anderen, auf der für unsere physischen Sinne erfahrbaren Ebene, bis auch diese Räume ausgelotet und in all ihren Möglichkeiten ausgeschöpft sind und die nächste Veränderung, die nächste Wandlung in der Tiefe vorbereitet wird.

Der Stern

„Vor hundert, hundert, hundert Jahren waren Menschen und haben Unfug getrieben, weil sie so bös waren. Und darum war es so, dass ein Stern vom Himmel gefallen ist. Und dann war da Holz und damit haben der Stern, ich und du eine Hütte gebaut und die Hütte war so groß, dass wir darin gewohnt haben und der Stern hat uns alles erzählt."

Sebastian, knapp 4 Jahre alt.

Sterntaler

Nach und nach
habe ich alles weggegeben,
was mich schützt
und kleidet –
nun stehe ich
nackt und bloß
im Wald,
schutzlos
dem Leben preisgegeben
– und siehe
es hüllt mich
strahlend
in seinen
Reichtum!

Sternentaler

Mondkind

Kennst du dein Mondkind? Nein? Dann locke es, leise und zärtlich, denn es ist scheu geworden und hält sich versteckt. So lange Jahre wollte niemand von ihm wissen, so lange Jahre! Es weiß nicht mehr, dass du es kennen könntest. Und du wohl auch nicht.

Früher, da waren die Mondkinder gerne gesehen, sie wurden gerufen, so manche Nacht. Oder vielmehr zu Beginn der Nacht, wenn die Abenddämmerung sich langsam zurückzieht und über die Welt ihre geheimnisvollen Schleier breitet. Es sind die Schleier ihrer Mutter, die sich früher darunter verborgen hatte, diese Schleier lieben die Mondkinder, wie alles Geheimnisvolle.

Zu Beginn der Zeit, als Himmel und Erde erschaffen waren, gab es noch keine Mondfrau, wie wir sie heute kennen. Der Sonnenherr herrschte über Himmel und Erde und alles gehorchte seinen Gesetzen. Er konnte sehr großzügig, aber auch sehr jähzornig sein und manchmal auch erbarmungslos. Nur nachts, wenn er schlief, herrschte tiefe Ruhe. Der Sonnenherr hatte bei Strafe verboten, ihn in seiner Ruhe zu stören und das Sternenvolk hielt sich daran.

Eines Nachts jedoch schlich sich eine Sternenfrau in sein Schlafgemach, sie konnte ihre Neugierde nicht mehr bezähmen und wollte endlich wissen, wie der Herrscher aussah. Sie hatte sich in dichte Schleier gehüllt, damit ihr Licht ihn nicht wecke und trat vorsichtig an sein Bett. Und als sie ihn so daliegen sah in seiner ganzen Pracht, entflammte ihr Herz und am liebsten hätte sie ihn umarmt. Aber das Verbot hielt sie zurück und leise entfernte sie sich wieder.
In jener Nacht hatte der Sonnenherr einen seltsamen Traum, in dem ihm eine wunderschöne Frau anlächelte, doch als er sie umarmen wollte, war sie plötzlich

verschwunden. Tagsüber vergaß er den Traum, denn wer erinnert sich schon an Träume, wenn er zu herrschen hat. Nachts aber schlief er immer unruhiger und wurde dadurch am Tag auch immer unleidiger.

Lange hielt es die Sternenfrau aber nicht aus, dann siegte ihre Liebe über die Angst erwischt und bestraft zu werden und sie schlich sich wieder in sein Schlafgemach. Und als sie ihn wieder in seiner ganzen Herrlichkeit so daliegen sah, wurde die Sehnsucht, ihn zu berühren so groß, dass es ihr nur mit Mühe gelang, sich zu beherrschen. Schon in der nächsten Nacht stand sie wieder an seinem Bett.

Diesmal erwachte der Sonnenherr, denn wie gesagt, wurde sein Schlaf immer unruhiger. Und als er die Sternenfrau vor sich sah, erinnerte er sich sofort an jenen Traum. Er bat sie, die Schleier abzunehmen und als sie seinem Wunsch entsprach, sah er, dass diese Jungfrau noch schöner war, als jene in seinem Traum. Da vergaß er, dass er bei Strafe verboten hatte, ihn in seiner Ruhe zu stören, sprang auf und umarmte das schöne Mädchen. Die Sternenfrau konnte ihr Glück nicht fassen.

Jede Nacht verbrachte sie nun bei ihm und eine ganze Zeit lang genoss der Sonnenherr ihre Liebe. Dann aber ertappte er sich dabei, dass er die Sternenfrau auch am Tag gerne an seiner Seite gehabt hätte und das störte ihn in seinen Regierungsgeschäften. Und als sie ihm eines Tages freudestrahlend eröffnete, dass sie ein Kind erwarte, sprach er zu ihr:

„Es ist nicht gut für mich, dich bei mir zu haben, das schwächt meine Regentschaft. Auch kann ich keine Kinder um mich dulden, sie sind zu unberechenbar. Es wird Zeit für dich, meinen Palast zu verlassen."

Und der Sonnenherr ließ ihr ein schönes Haus bauen, weit weg von seinem eigenen Palast, dort lebte sie nun. Es zog sie auch nicht zurück zu ihrem Volk und so saß sie nächtelang vor ihrem Haus und ihr Leib schwoll und wurde immer runder. Menschen und Tiere auf der Erde aber freuten sich über dieses neue, dieses sanfte, stetig zunehmende Licht am Nachthimmel.

Lange weinte sie den Stunden ihres Glückes nach. Doch als ihr Kind geboren war, erfuhr sie ein neues, ein anderes Glück und war mit ihrem Schicksal versöhnt.

Seither verbringt sie ab und zu eine Nacht bei ihrem Geliebten, freut sich an seiner Kraft und Schönheit und kehrt dann jedes Mal gerne wieder in ihr Haus zurück. Die Menschen hatten sich im Laufe der Zeit an ihr Kommen und Gehen gewöhnt und nennen sie die große Wandlerin. Sie aber freut sich über jedes Kind, das sie zur Welt bringt und schickt es gerne zum Spielen hinunter auf die Erde.

Diese Kinder der Mondfrau, wie sie seither auch genannt wird, sind so unterschiedlich, wie Kinder einer Mutter nur sein können. Da gibt es die verträumten, sanften, ihrer Mutter ähnlich, oder die kecken, herausfordernden, eher nach dem Vater geraten, aber eines haben sie alle gemeinsam: sie lieben es, auf der Erde mit den Schleiern ihrer Mutter zu spielen und geheime Verstecke zu finden. Am liebsten aber verstecken sie sich in den Herzen der Menschen, denn dort erfahren sie die größten Geheimnisse.

Das wussten die Menschen früher und so haben sie oft so ein Mondkind zu sich eingeladen, es gerufen, um mit ihm zu spielen und mit ihm die Geheimnisse des eigenen Herzens zu ergründen. Und wie damals die Mutter am Bett ihres Vaters stand, so standen die vorwitzigen von ihnen manchmal auch am Bett eines Menschen, ohne eingeladen oder gerufen worden zu sein, einfach um seine Schönheit zu betrachten. Dieser Mensch hatte dann die wundersamsten Träume, die er bei seinem Tagwerk leider oft vergaß.

Aber die Welt wurde immer lauter und die Nächte immer heller von dem Licht, das von den Menschen gemacht wurde und so fanden die Mondkinder immer weniger Platz zum Spielen. Auch wollten immer weniger Menschen etwas vom Geheimnis ihres Herzens erfahren. So ist die Erinnerung an die Mondkinder langsam eingeschlafen. Aber sie sind noch da, denn einige wenige Verstecke gibt es noch –

und wie gesagt, wenn du eines leise rufst, eines, das genau zu dir passt, weil auch du verträumt oder sanft, keck oder herausfordernd bist, dann kann es sein, dass es deinem Ruf folgt und du kannst mit ihm Verstecke spielen und es dann in deinem Herzen finden und mit ihm seine Geheimnisse ergründen.

Eine Haselmausgeschichte

„Hast du die Geschichte gesehen?"
„Welche Geschichte?"
„Na die, die da eben vorbeigelaufen ist!"
„Hier ist doch keine Geschichte vorbeigelaufen!"
„Aber ja doch du Transuse! Freilich ist sie das, gerade eben! Schnell, lauf ihr nach, dann kannst du vielleicht noch ihr Ende erwischen!"
Da hab ich vielleicht meine Beine in die Hand genommen und bin ihr nachgelaufen, und wie! So schnell, dass ich sogar noch den Anfang der Geschichte erwischt habe.
Hier ist sie:

Eine kleine Haselmaus war auf Abenteuer aus. Und wenn man auf Abenteuer aus ist, muss man wohl sein Haus verlassen und in die weite Welt hinaus ziehen!
„So werde ich auf Reisen geh'n", sagte sich die Haselmaus, packte einen Rucksack voll und sich diesen auf den Rücken und los ging's. Und sie lief und lief, die ganze Nacht, bis es hell wurde. Dann versteckte sie sich in einem kleinen Mauseloch und tat, was dann alle Mäuse tun, sie verschlief den Tag. Und so lief sie und schlief sie viele, viele Tage lang.

Da kam sie an einen großen See. Und was tut eine kleine Haselmaus, die zum ersten Mal an einen großen See kommt? Sie staunt! Und so stand sie da mit offenem Mund und großen Augen – oh, so viel Wasser! Und wie geht´s nun weiter? Die kleine Haselmaus trippelte also am Ufer entlang. Da wehte etwas im Wind heran, fiel ihr direkt vor die Füße. Es war ein trockenes Blatt, sah aus wie ein Schiffchen, lud ein zum Fahren. Da setzte die kleine Haselmaus das Schiffchen aufs Wasser, sprang hinein und segelte los. Das ging viel leichter als das Laufen. Und der Wind hatte seine Freude daran, das Schiffchen über den See zu treiben. Plötzlich tauchte aus der Tiefe ein großer Fisch auf, öffnete sein riesiges Maul und verschlang das Blatt mit samt der Maus. Huh, wie war es da so gruselig und dunkel in dem Fischbauch. Doch mit einem Mal gab es einen gewaltigen Ruck, so dass die Maus kopfüber fiel. Bald darauf wurde es hell im Fischbauch, denn der Fischer, dem der große Fisch ins Netz gegangen war, hatte den Bauch aufgeschnitten. Da sprang die kleine Haselmaus heraus. Und der Fischer staunte: „Wie kam bloß die Maus in den Bauch von diesem Fisch?" Aber da war die Haselmaus schon über alle Berge, Berge von Fischernetzen und Seilen und versteckte sich geschwind – na wo wohl? Genau – in einem Mauseloch. Das gab es wirklich, hier auf dem Schiff!

Und in diesem Mauseloch wohnte eine Maus. Keine Haselmaus, nein, eine ganz gewöhnliche Hausmaus. Die hatte sich auf dem Schiff des Fischers wohnlich eingerichtet und lebte in Hülle und Fülle. Da gab es Knäckebrot- und Kuchenkrümel, Apfel- und Bananenstücke, Kekse und Brotrinden, Rosinen und Nüsse. Wie gesagt, die Hülle und die Fülle. Denn die Fischersfrau brachte immer einen großen Korb voll guter Sachen an Bord, wenn der Fischer alle seine Fische auf dem Markt verkauft hatte und wieder los fuhr. Und da der Fischer oft mitten im Essen gestört wurde, weil ein Fisch an seiner Angel hing, oder das Netz voll war, fiel so manches auf den Boden. Aber nicht nur das, was auf den Boden fiel, gelangte in die Speisekammer der Hausmaus. Sie stibitzte gerne noch dies und das und hatte immer satt zum Leben!

Nun hatte sie Besuch! Wer hätte das gedacht! Hier auf dem Schiff und mitten im See! Die Hausmaus sprang vor Freude herum und tanzte im Kreis! Die Haselmaus – na eigentlich war's ja ein Mäuserich – räusperte sich und stellte sich dann höflich vor. Ihr könnt mir glauben, die beiden hatten sich viel zu erzählen. Und was die Haselmaus anging, so half sie bei der Beschreibung ihrer Abenteuer tüchtig nach. Und weil die Hausmaus ihr alles glaubte, so glaubte auch die kleine Haselmaus bald selbst alles was sie so erzählte.

Die kleine Haselmaus und die gewöhnliche Hausmaus aber heirateten einander und lebten glücklich und zufrieden, denn sie hatten alles, was sie brauchten, in Hülle und Fülle.

Das Kind der Schlangenkönigin

Es lebte einmal eine Frau, die wünschte sich so sehr ein Kind, bekam aber keines. Sie weinte, sie klagte, sie betete, aber vergebens.

Da hörte sie von einem heiligen Ort, an dem Wunder geschehen sollten und sie machte sich auf den Weg, diesen Ort zu finden. Es war ein weiter und mühsamer Weg, den die Frau ging und manchmal war sie nahe daran, aufzugeben und umzukehren. Aber dieser kleine Funke Hoffnung, vielleicht doch noch ein Kind bekommen zu können, trieb sie immer wieder weiter.

Einmal übernachtete sie wieder in einer Herberge und als sie im Bett lag, war ihr, als hätte jemand ihren Namen gerufen. Die Frau wunderte sich, dass sie hier jemand kennen sollte und schaute sich um, wer da wohl gerufen hatte. Da gewahrte sie eine kleine unscheinbare Schlange und diese Schlange sprach mit menschlicher

Stimme zu ihr: „Folge mir, es wird dein Schaden nicht sein!" Da stand die Frau auf, zog sich an und ohne weiter darüber nachzudenken, oder sich gar zu verwundern, folgte sie der kleinen Schlange. Erst als diese in einem Loch verschwunden war, weit weg von der Herberge und jeder anderen menschlichen Behausung, begann sich die Frau zu fragen, warum sie der Schlange nachgegangen war und was sie hier eigentlich sollte.

Doch schon vernahm sie wieder diese leise Stimme, die nach ihr rief und sie schien aus dem Loch zu kommen. Da kniete sich die Frau hin und beugte sich zu dem Loch hinab, um hinein zu schauen und wie sie sich so hinab beugte, da spürte sie plötzlich, wie sie kleiner und kleiner wurde, so dass sie schließlich in das Loch hinein schlüpfen konnte. Und als sie hindurchgeschlüpft war, wuchs sie wieder zu ihrer normalen Größe. Zu ihrem Erstaunen sah sie vor sich ein weites, welliges Land und auf einem der Hügel brannte ein Feuer. Die kleine Schlange aber war nirgends mehr zu sehen. Da ging die Frau auf das Feuer zu. Dort saß ein uralter Greis, der hatte seine Augen geschlossen und dennoch war der Frau, als würde er durch sie hindurchsehen, bis auf den tiefsten Grund ihrer Seele.

„Da bist du ja", sprach er endlich und öffnete seine Augen. „Ich brauche deine Hilfe, deshalb habe ich nach dir geschickt."

Und mit der gleichen Selbstverständlichkeit, mit der sie der Schlange gefolgt war, folgte sie nun dem Greis. Dieser führte sie zu einem Platz, an dem seltsam geformte Steine wie Wächter vor einem großen, steinernen Tor standen. Einem Tor, das allein für sich in der Landschaft stand, nichts sonst dahinter. Der Alte ging durch dieses Tor und die Frau folgte ihm. Doch als sie durchgegangen war, war der Alte nicht mehr zu sehen und vor ihren Augen breitete sich eine weite Ebene aus, an deren Horizont es glänzte, als wäre dort ein See. Ohne sich weiter Gedanken zu machen, ging sie darauf zu und als sie endlich dort angekommen war, saß der alte Greis am Ufer des Sees und deutete auf eine kleine Insel, die weit draußen zu sehen war. Und er bat: „Bitte schwimme zu dieser Insel und hole mir das Ei, das du dort finden wirst. Krähen haben es mir gestohlen und dorthin verschleppt. Bitte schwimme gleich, denn sie sind gerade von der Insel weggeflogen, um Futter zu suchen."

Und ohne lange zu überlegen folgte die Frau der Bitte des alten Mannes. Sie legte ihre Kleider ab, stieg ins Wasser und begann zu schwimmen. Nicht einen Augenblick war ihr in den Sinn gekommen, dass sie vielleicht gar nicht die Kraft haben könnte, so weit zu schwimmen. Plötzlich aber war sie, ohne zu wissen wie, bei der Insel angekommen. Schon bald hatte sie das Ei gefunden und überlegte, wie sie es zurückbringen sollte, denn sie hatte ja nichts, worin sie es hätte transportieren können. Da flocht sie ihr langes Haar zu einem kunstvollen Knoten, der wie ein Nest auf ihrem Kopf saß, legte das Ei vorsichtig hinein und schwamm zurück, sorgfältig darauf bedacht, dass das Ei nicht heraus fiel.

Voller Freude empfing sie der Alte, nahm das Ei und barg es in seinen Händen. Da verdunkelte sich mit einem Mal der Himmel und eine große Schar von Krähen kam herbei geflogen. Wütend stürzten sie sich auf die Frau, der Greis mit dem Ei aber war verschwunden. Doch dann ließen die Krähen plötzlich von ihr ab und die Frau sah, wie sich ein riesiger Adler herabstürzte. Er packte die Frau mit seinen Krallen und trug sie davon. Und er trug sie zu dem Lagerfeuer in dem hügeligen Land, an dem auch wieder der uralte Greis saß. Das Ei hielt er immer noch wie einen großen Schatz in seinen Händen, dann aber öffnete er sie behutsam und die Frau sah voller Erstaunen, wie gerade eine kleine, unscheinbare Schlange heraus schlüpfte. Und sie hatte ein winziges Krönlein auf dem Kopf. In diesem Moment flog eine große leuchtende Schlange wie ein Komet über den Himmel zu ihnen herab, auf dem Haupt eine Krone wie aus tausend Diamanten, und rief:

„Hab Dank, Menschenkind, dass du meine Tochter gerettet hast! Ich werde es dir vergelten!" Und sie nahm das kleine, eben geschlüpfte Schlänglein behutsam in ihr Maul und flog über den Himmel zurück.

Der Alte aber sprach zu ihr: „Alle hundert Jahre gebiert die Schlangenkönigin ein Ei und gibt es in meine Obhut, denn nur auf der warmen Erde kann es sich entwickeln und ausschlüpfen. Dieses Mal war ich einen Moment lang unaufmerksam und da haben mir die Krähen das Ei geraubt. Du aber hast es zur rechten Zeit zurückgebracht. Auch ich danke dir von ganzem Herzen." Dann sprach er eine Zauberformel über sie aus und im nächsten Moment befand sie sich wieder in der kleinen Kammer ihrer Herberge.

Nach diesem Erlebnis hatte die Frau nur noch den Wunsch heimzukehren. Und siehe, nach neun Monaten brachte sie eine Tochter zur Welt, ein wunderschönes Kind, das hoch auf der Stirn ein Mal trug, das wie ein kleines Krönlein aussah.

Spinnenfrau

Ho!
Spinnenfrau!
Gefräßig
wartest du
auf den kleinsten Anflug
von Lebendigkeit!

Noch
schläft die Frau in mir,
festgehalten im Kreis
deiner Zauberfäden
– auf- und absteigend –
dem Zyklus
des Mondes
gehorchend.

Doch wenn sie erwacht
erwacht auch in mir
ihr altes Wissen!

Spinnenfrau

Der Tänzer

Tief in einem Wald stand ein altes zerfallenes Schloss. Vor vielen hundert Jahren, so erzählte man sich, hatte in diesem Schloss ein mächtiger Zauberer gewohnt, der seine Macht missbraucht hatte, um Volk und Land zu unterdrücken. Heute noch meidet man diesen Wald, um nicht zufällig in die Nähe jenes Schlosses zu gelangen, auf dem, wie man glaubt, ein böser Fluch lastet.

Nun, nicht alle meiden diesen Wald. Die Jugend braucht solche Herausforderungen und sucht gerne verbotene oder verwunschene Plätze auf.
So wanderte an einem schönen Frühsommertag eine Gruppe junger Leute zu jenem Wald und ließ sich fröhlich und ausgelassen am Waldrand nieder. Sie lagerten unter einer uralten mächtigen Eiche und wollten dort am Lagerfeuer die Nacht verbringen, um ein wenig das Gruseln und den Schauder zu spüren. Sie sangen und tanzten bis tief in die Nacht hinein. Besonders hervor tat sich ein junger Bursche, der durch seine Schönheit und Sanftheit auffiel. So manches Mädchen hätte gerne seine Nähe gesucht, aber wie selbstvergessen tanzte er nur für sich und kümmerte sich nicht um die anderen. Es war, als könnte er die Bewegung, die in seinem Innersten entstanden war nicht mehr aufhalten und so folgte er ihr ohne Denken und Wollen. Dabei entfernte er sich immer mehr von der Gruppe und geriet in den Wald hinein.

Plötzlich spürte er, dass er nicht mehr allein war. Er hielt inne und gewahrte erschrocken eine hohe graue Gestalt, die in der einen Hand eine Laterne und in der anderen einen großen knorrigen Stab hielt. Mit einer herrischen Geste gebot ihm die Gestalt zu folgen und widerstandslos gehorchte der junge Mann. Doch während er hinter der grauen Gestalt einherging stieg Angst ihn ihm auf, die nach und nach immer größer wurde, bis ihm schließlich die Beine den Dienst versagten und er der

Länge nach hinfiel. Da erlosch die Laterne vor ihm und die graue Gestalt war verschwunden. Nachtschwarze Dunkelheit umfing ihn und er getraute sich nicht auch nur die geringste Bewegung zu machen. Dann aber, als sich seine Augen an das Dunkel gewöhnt hatten, sah er in einiger Entfernung durch die schwarzen Schatten der Bäume es etwas heller schimmern. Er nahm seinen ganzen Mut zusammen, erhob sich vom Boden und tastete sich vorsichtig vorwärts. Nach einiger Zeit trat er unter den Bäumen heraus und sah vor sich eine weite Waldlichtung und mitten darin das alte zerfallene Schloss. Dort stand auch wieder die graue Gestalt und winkte ihn zu sich. Ohne nachzudenken, fast willenlos folgte er diesem lautlosen Befehl. Der Graue führte ihn nun über Balken und Steine und durch verfallene Gemächer, bis sie endlich vor einem dunklen Tor standen, dort murmelte er etwas und das Tor öffnete sich. Dann drückte er ihm die Laterne in die Hand und sprach ihn zum ersten Mal an: „Nun liegt es an dir zu leben oder zu sterben!" und mit diesen Worten war die graue Gestalt verschwunden.

Benommen stand der Bursche da und wusste nicht was er tun sollte. Er fürchtete sich so sehr, dass er weder vorwärts- noch zurückzugehen vermochte. Doch dann zog ihn die Laterne wie mit magischer Kraft langsam vorwärts und er gelangte in einen großen Saal. Zwölf steinerne Ritter standen an den Wänden aufgereiht und am anderen Ende des Saales, auf einem steinernen Thron, saß eine königliche Gestalt ebenfalls aus Stein gemeißelt. Zu Füßen der Statue aber lag ein Bündel, das sich bewegte und als der Bursche dorthin leuchtete, sah er zu seinem Entsetzen ein menschliches Wesen, am Thron angekettet wie ein Hund, in Lumpen gehüllt und bis auf die Knochen abgemagert.

„Da kommt ja mein Retter!" krächzte das Bündel mit einer Stimme wie rostiges Eisen und streckte ihm seine knochigen Hände entgegen. Unwillkürlich wich der Bursche zurück und stolperte dabei über einen Stein, so dass er hinfiel. Die Laterne zerbrach und mit der Finsternis kehrte auch das Grauen zurück. Obwohl ihn das erbarmungswürdige Wesen immer wieder bat, ihm doch die Hand zu reichen, lag er nur regungslos da, unfähig sich zu bewegen. Da hörte er ein boshaftes Lachen und die krächzende Stimme rief: „Du bist auch so in meiner Gewalt und ich spüre schon, wie mich deine jugendlichen Kräfte wieder beleben!" In diesem Augenblick erinnerte sich er Bursche an die Worte der grauen Gestalt: „Nun liegt es an dir, zu leben oder zu sterben!" und in seinem Innersten bäumte sich alles auf und er schrie: „Ich will aber leben!!!" Und mit letzter Kraft stürzte er sich auf das Bündel, das er vor sich vermutete – und stürzte ins Leere.

Er fiel und fiel und wartete nur noch auf sein Ende. Doch er zerschmetterte nicht auf hartem Boden, sondern landete in einem unterirdischen See. Tief tauchte er in das Wasser hinein und es dauerte einige Zeit bis er endlich wieder an die Oberfläche kam und keuchend nach Luft rang. Er schwamm ans Ufer und schaute sich um. Türkisfarben schimmerte der See und verbreitete ein sanftes Licht, darüber wölbte sich eine herrliche Tropfsteinhöhle und Bergkristalle und andere Edelsteine wuchsen wie seltene Blumen aus dem Felsen. Still saß er da und konnte sich nicht satt sehen an der Schönheit dieses Ortes. Und während er so dasaß und schaute, fiel sein Blick auf ein wunderschönes Amulett, das im seichten Uferwasser lag. Als er es herausnahm hörte er von Ferne eine leise Musik. Er schloss die Augen und wieder entstand in seinem Inneren eine Bewegung, der er folgen musste. Und so begann er am Ufer des Sees zu tanzen und die Bewegung trug ihn immer weiter in die Grotte hinein.

Langsam wurde die Musik lauter und schließlich kam er in einen hohen geräumigen Saal, in dem fremdes Volk tanzte und sich lachend unterhielt. An den Wänden aufgereiht standen Tische mit erlesenen Speisen und Getränken und eifrige Diener liefen geschäftig hin und her. Plötzlich hörte die Musik auf und alles wurde still im Saal. Die Menge teilte sich und eine hohe königliche Gestalt trat auf ihn zu und sprach:

„Du hast mich erlöst! Denn du warst der erste, der es wagte mir zu widerstehen! Der Fluch ist nun gebrochen!" Dann erzählte er dem jungen Mann, dass er einst ein mächtiger Zauberer gewesen war, der den rechtmäßigen König des Landes und dessen Gefolge zu Stein verwandelt hatte, um an seiner Statt zu herrschen. Das Amulett aber, das ihn davor bewahren sollte, seine Macht zu missbrauchen, hatte er in seiner Verblendung in den tiefsten Brunnen des Schlosses geworfen. Seit seinem Tod aber musste er nun als unseliger Geist, der weder leben noch sterben konnte, jungen Menschen, die dem Schloss zu nahe kamen, die Lebenskraft rauben, bis einer käme, der stark genug war, sich dagegen zu wehren.

Der Bursche sank vor dem Zauberer auf die Knie, senkte sein Haupt, nahm das Amulett ab, das er sich umgehängt hatte und wollte es ihm zurückgeben. Doch dieser sprach: „Nein, behalte es, denn es gehört nun dir! Es hilft dir, deine Fähigkeiten zu erkennen und sinnvoll zu gebrauchen", und mit diesen Worten verschwand nicht nur er, sondern auch der Saal und alles Volk und vor dem erstaunten jungen Mann öffnete sich ein Gang, der ihn zu jener Stelle im Wald führte, an der ihm die graue Gestalt erschienen war. Müde kehrte er zu seinen schlafenden Gefährten zurück, ließ sich erschöpft auf sein Lager fallen und schlief sofort ein.

Als er erwachte stand die Sonne bereits hoch am Himmel. Die anderen waren schon längst auf den Beinen und machten sich über den Langschläfer lustig. Der Bursche stand benommen auf, setzte sich unter die alte Eiche und lehnte sich an ihren Stamm. Langsam erinnerte er sich an sein nächtliches Abenteuer, doch glaubte er alles nur geträumt zu haben. Aber es war kein Traum, denn um seinen Hals hing das wunderschöne Amulett. Und als er es in die Hand nahm und betrachtete, war ihm, als stünde die hohe graue Gestalt hinter ihm und nickte ihm freundlich zu und tief in seinem Inneren hörte er die Worte: „Du hast dich für das Leben entschieden und wann immer du Rat und Hilfe brauchst, rufe mich und ich werde da sein!" Da wusste der Bursche, dass der Geist der alten Eiche sich ihm in dieser Gestalt gezeigt und ihn geführt hatte, und dass er in ihm nun einen mächtigen Helfer und Begleiter hatte.

Sein Erlebnis in dem verwunschenen Schloss behielt er für sich. Doch seit jener Zeit hat er die Fähigkeit Dinge wahrzunehmen, die andere nicht sehen und nicht hören können und diese Fähigkeit hatte er nie missbraucht. Dafür wurde er ein großer Heiler und Geschichtenerzähler.

Das alte Buch

Ein Mann und eine Frau lebten schon eine Zeit lang zusammen, doch je länger sie zusammen lebten, desto mehr schwanden Liebe und Leidenschaft, der Ärger und der Unwillen am anderen aber wuchs. Endlich sprach die Frau eines Tages: „Mann, mir reicht's!" und zog aus, möglichst weit weg von ihm in eine Wohnung am anderen Ende der Stadt. Es war zwar nur eine kleine Wohnung, aber dafür musste sie diese auch mit keinem Griesgram teilen, der noch dazu seine Sachen überall herumliegen ließ.

Der Mann blieb in der alten Wohnung und freute sich, dass er sie jetzt ganz für sich allein hatte und dass keiner mehr da war, der ihm die ganze Zeit in den Ohren lag mit: „Du hast das nicht gemacht und dies nicht erledigt …", aber nicht lange, da ging ihm das Genörgel richtig ab. Die Wohnung wurde ihm plötzlich zu groß und doch gab es darin kaum mehr Platz, denn seine Sachen lagen überall herum und er konnte sich einfach nicht dazu aufraffen, aufzuräumen. Seine Frau fehlte ihm und auch ihr Schimpfen. „Ich muss mir eine neue suchen", dachte er sich und verbrachte nun viel Zeit damit, aber ohne Erfolg.

Die Frau lebte eine Zeit lang sehr vergnügt vor sich hin. Sie genoss es, tun und lassen zu können, was sie wollte, ohne dass der andere über ihr Tun aufgebracht oder beleidigt war oder ihr auf andere Art und Weise das Leben madig machte. Mit der Zeit aber ging ihr etwas ab. Und schließlich musste sie sich eingestehen, dass ihr der Mann fehlte. „Nun, ich werde mir einen neuen suchen", dachte sie und verbrachte ebenfalls viel Zeit mit der Suche nach einem neuen Mann. Auch sie ohne Erfolg.

Eines Tages, nein, eines Nachts begegneten sie sich bei einer Tanzveranstaltung. Sie sah ihn schon von weitem und ihr Herz begann schneller zu schlagen. „Wie gut er doch aussieht", dachte sie, dann aber drehte sie sich schnell um und ging in eine andere Richtung. Auch der Mann hatte seine Frau erkannt und es fuhr ihm heiß ins Gesicht, „wie schön sie doch war!" Dann drehte auch er sich schnell um und schaute, dass er ihr nicht begegnete. Und wie es der Teufel oder das Schicksal oder beide es haben wollten, standen sie sich plötzlich gegenüber. Sie setzte ihr liebenswürdigstes Lächeln auf und er versuchte seine freundlichste Miene zu machen. „Wie schön, dich zu sehen", sagten sie, wie aus einem Mund. Da konnten sie nicht anders und fielen sich lachend in die Arme.
Die Frau zog wieder zu ihrem Mann. Der hatte vorher drei Tage lang geräumt und geputzt, so dass die Wohnung nur so glänzte und strahlte, genau wie er. Wie aus dem Ei gepellt kam auch die Frau an. Der Mann musste sie immerzu ansehen. Und mit einem Mal war auch die Leidenschaft wieder da und die Liebe traute sich aus ihrem Versteck. Dann kam der Alltag und je länger sie zusammen lebten, desto mehr wuchsen wieder Unmut und Ärger. Bis die Frau eines Tages wieder rief: „Mann, mir reicht's!" Diesmal warf sie ihn hinaus und blieb in der Wohnung.

Der Mann aber fand keine neue Wohnung, so sehr er auch suchte. Er übernachtete mal bei diesem, mal bei jenem Freund, aber das war kein Zustand. Da überwand er seinen Stolz und klopfte eines Tages an die Wohnungstür seiner Frau, doch sie öffnete ihm nicht. Was sollte er bloß tun? Und wie er so verzweifelt auf einer Bank im Park saß, kam auf einmal ein alter Mann und setzte sich zu ihm. „Trübsal blasen"? fragte er und sah ihn spöttisch an.

Der Mann wollte aufstehen und gehen, denn er hatte keine Lust auf ein Gespräch mit diesem Alten. Der aber hielt ihn am Ärmel fest und sprach: „Geh nicht! Ich kann dir helfen."

Unschlüssig sah ihn der Mann an, dann siegte seine Neugierde, was könnte ihm dieser Alte wohl bieten.

„Komm mit", forderte ihn der alte Mann nun auf, „ich habe eine Bleibe für dich und wenn du mir etwas zu Gefallen tust, dann hab ich auch noch etwas anderes, das dir nützlich sein wird."

Und er ging dem jungen voran. Der folgte ihm mit gemischten Gefühlen. Aber da er ja nichts zu verlieren hatte, ging er hinter ihm her, bis sie zu einem alten Turm kamen. Der Mann kannte diesen Teil der Stadt nicht, und auch den Turm hatte er noch nie gesehen. Er wusste nicht, was er davon halten sollte. Der Alte zog inzwischen einen großen schmiedeeisernen Schlüssel hervor und schloss die Tür auf, dann bedeutete er ihm, einzutreten. Zögernd trat der Mann ein und sah sich voller Erstaunen um. Das war kein heruntergekommenes Gemäuer, wie er es vermutet hatte, sondern ein herrlicher Raum, mit erlesenen Möbeln und kostbaren Teppichen ausgestattet. „Ja, ja", nickte der Alte, „das hast du wohl nicht erwartet. Komm nur herein und sieh dich um. Ist alles mein Reich und nicht das schlechteste."

Der Mann ging nun herum und staunte nicht schlecht über das, was er alles sah. Der Alte hatte hier Kostbarkeiten aus der ganzen Welt zusammengetragen. Und nicht nur das, in hohen Regalen standen uralte, in Leder gebundene Bücher, teils mit Zeichen beschriftet, die er nicht kannte. Es wurde ihm fast schwindlig.

Da sprach der Alte: „Nun komm, ich will dir zeigen, was du für mich tun kannst." Er ging zu einer kleinen Tür, die der Mann vorher gar nicht bemerkt hatte und sprach weiter: „Geh hinein und gib keinen Ton von dir, nimm nur das alte Buch, das dort auf einem steinernen Tisch liegt und bring es mir, so schnell du kannst. Aber schau um Gottes Willen nicht hinein, das könnte dich den Kopf kosten!"

Da wunderte sich der Mann über diesen Auftrag, und fragte sich, warum der Alte nicht selbst hineinging, um sich das Buch zu holen. Es kam ihm äußerst seltsam vor. Aber was soll's, er hatte ja wie gesagt, nichts zu verlieren und so wollte er dem Alten diesen unerklärlichen Wunsch erfüllen. Er öffnete die Tür – und konnte nicht einmal Piep sagen, da wurde er von einem Wirbelsturm erfasst und davon getragen. Er wurde so richtig durcheinander gebeutelt und landete dann äußerst unsanft auf einem steinigen Boden. Nun war er vollends durcheinander, und das nicht nur wegen des Wirbelsturms. Da war weit und breit weder Stadt noch Turm, weder Strauch noch Baum. Wie konnte das passieren? So etwas gab es doch nur im Märchen – und wie es schien, war er plötzlich in eines hineingeraten. Die Aufforderung, das Buch aus dem Raum zu holen, war wohl nur eine List des Alten gewesen, denn wo sollte er hier ein Buch finden. Er sah sich um.

Und ihr glaubt es nicht! In dieser öden Wildnis stand ein steinerner Tisch und auf diesem Tisch lag ein uraltes Buch, so alt, dass es fast so aussah, als würde es jeden Moment zerfallen. Schnell eilte der Mann hin und wollte das Buch an sich nehmen, da stieß er an eine unsichtbare Mauer. Er stieß sich so, dass es weh tat und er schon fast losgeschimpft hätte, aber da erinnerte er sich, dass der Alte gesagt hatte, er solle auf keinen Fall einen Ton von sich geben. Und das nahm er jetzt sehr ernst, denn wenn man so plötzlich statt in einem Raum, in einer öden Wildnis stand und sich an einer Mauer stieß, die man nicht sehen konnte, wer weiß, was da noch alles passieren konnte. Also verkniff er sich das Schimpfen und tastete sich um diese unsichtbare Mauer herum. Dabei überlegte er fieberhaft, wie er jetzt wohl zu diesem Buch käme, denn so wie es aussah, brauchte er es, um wieder zurückzukommen, obwohl er nicht wusste, wie das gehen sollte.

Unbarmherzig brannte die Sonne auf ihn herab und er setzte sich mutlos hin, lehnte sich an dieses unsichtbare Etwas und bereute zutiefst, dass er sich auf diesen Alten eingelassen hatte. Und noch etwas bereute er: dass er die Liebe zu seiner Frau nicht wirklich ernst genommen hatte. Denn hier in dieser Öde erschien sie ihm plötzlich in einem ganz anderen Licht und er erkannte, wie sehr er diese Liebe vernachlässigt hatte. Er wollte geliebt und umsorgt sein und vergaß darüber, dass auch die Liebe in seinem Herzen umhegt und gepflegt werden wollte. Das war in seinen alltäglichen Gewohnheiten untergegangen. Und in diesem Moment, wo er das so für sich bedachte, gab die unsichtbare Mauer hinter seinem Rücken nach, so dass er langsam, wie in Zeitlupe nach hinten sank. Das verwirrte ihn noch mehr und es dauerte ziemlich lange, bis er endlich begriffen hatte, dass er tatsächlich vor dem steinernen Tisch mit dem alten Buch stand. Schon wollte er es an sich nehmen, da biss ihn etwas in die Hand, so dass er fast aufgeschrien hätte, es sich aber im allerletzten Moment noch verkneifen konnte. Eine winzige Echse, die wie ein urzeitlicher Drache in Miniaturausgabe aussah, hatte ihn gebissen und stand drohend vor dem Buch. Das sah so urkomisch aus, dass der Mann gar nicht anders konnte als laut aufzulachen. Doch das war nicht gut, denn die winzige Echse wurde vor seinen entsetzten Augen plötzlich zu einem mächtigen Drachen, der mit dröhnender Stimme rief: „Wage es nicht, mich zu verspotten und wage es ja nicht, das Buch an dich zu nehmen!"

Aus den Märchen wusste der Mann, dass man mit Drachen kämpfen, oder sie mit List überwinden musste. Das war wohl in den Märchen so, der Mann aber hatte keine Ahnung, was er hier und jetzt und in diesem Augenblick machen sollte. Und obwohl ihm kurz durch den Kopf huschte, dass er um Gottes Willen nicht sprechen dürfe, tat er das einzige, was ihm in dieser Situation als angebracht erschien: er verbeugte sich tief und demütig vor dem Drachen und sprach: „Bitte verzeiht! Es war nicht meine Absicht, Euch zu verspotten, auch wusste ich nicht, dass das Buch Euch gehört. Ich sollte es einem alten Mann bringen!"

„Diesen Alten kenn ich", rief der Drache, „und er versucht schon lange, mir das Buch zu stehlen, vielmehr es stehlen zu lassen, denn selbst will er sich natürlich nicht in die Gefahr begeben! Aber niemand …" – und der Drache wurde noch größer und bedrohlicher – „niemand – und schon gar nicht dieser Alte, darf dieses Buch an sich bringen! Denn das Geheimnis, das es birgt, würde zu großen Schaden in der Welt – in eurer Welt, anrichten! Und jeder der es versucht, muss mit seinem Tod rechnen!"

Da warf sich der Mann voller Angst und Verzweiflung auf den Boden und flehte: „Bitte, lass mich am Leben, ich wusste doch gar nicht was ich tat und für die Absicht des Alten bestraft zu werden, finde ich mehr als ungerecht! Bitte lasst mich gehen!"

In diesem Moment wurde er plötzlich wieder von einem Wirbelsturm erfasst und hastdunichtgesehen, saß er wieder auf der Bank im Park, die Sonne schien freundlich und die Vögel sangen. Nun war der Mann endgültig so verwirrt, dass er sich fragte, ob er wohl reif für die Psychiatrie sei. Diese Geschichte glaubte ihm keiner, nicht einmal er selbst. Da sah er den alten Mann auf sich zukommen und machte eilends, dass er davon kam. Aber der unheimliche Alte war plötzlich neben ihm, lächelte ihn freundlich an und sprach: „Da hast du ja noch einmal Glück gehabt, denn bisher ist keiner zurückgekommen, den ich um das Buch geschickt hatte. Wie ist dir das gelungen – und was ist mit dem Buch?"

Der Mann aber antwortete nicht, sondern drehte sich schweigend um und ließ ihn einfach stehen. Er schaute sich auch nicht mehr nach dem Alten um, ob er ihm etwa folgte, sondern hatte nur noch den einen Wunsch, dies alles hinter sich zu lassen. Und da er jetzt dringend einen Menschen brauchte, der ihn einfach nur in den Arm nahm, ging er zur Wohnung seiner Frau, in der Hoffnung, dass sie ihm aufmachte.

Sie war da und öffnete ihm. Und als sie ihn so jammervoll in der Tür stehen sah, da konnte sie nicht anders, sie nahm in einfach in die Arme. Lange saßen sie dann schweigend da und endlich fing der Mann zu sprechen an. Aber er erzählte ihr nicht von seinem Erlebnis mit dem Alten, sondern er sprach über seine Liebe und darüber, dass ihm bewusst geworden war, wie sehr er sie vernachlässigt hatte. Und er sprach von einem Garten in seinem Herzen, den er von nun an hegen und pflegen würde und davon, dass sie, wenn sie nur wollte, jederzeit diesen Garten aufsuchen könnte.

Und die Frau hörte ihm zu und verstand. Nun lebten sie wieder zusammen und die Zeit miteinander wurde ihnen nicht lang.

Die Vogelfrau

Zeit ist nur eine Erinnerung. Was damals war, kann heute sein oder morgen werden. Altes Wissen hat keine Zeit.

Dort wo die Wälder noch alt und tief waren lebte ein Jäger. Er war ein erfolgreicher Jäger und hatte immer ein gutes Auskommen. Einmal aber hatte er den ganzen Tag kein Wild zu Gesicht bekommen und dachte schon, ohne Beute heimkehren zu müssen, da kam er an den großen See. Erschreckt flogen Kraniche auf. Blitzschnell legte der Jäger seine Flinte an und schoss und ein Kranich fiel getroffen zu Boden. Der Jäger eilte hin und blieb vor Schreck wie angewurzelt stehen, denn auf dem Boden lag, umgeben von Federn die rot vor Blut waren, eine wunderschöne Frau und sie lag im Sterben. Sie streckte die Hand nach ihm aus und bedeutete ihm drängend, näher zu kommen. Es dauerte aber eine Weile bis der Jäger fähig war sich zu bewegen. Wie im Traum ging er zu der Sterbenden hin und beugte sich zu ihr hinab, denn sie flüsterte ihm etwas zu und da verstand er, was sie sagte: „Bitte nimm dich meiner Tochter an!" und mit einem letzten Blick, ohne Hass und ohne Trauer sah sie ihm in die Augen und starb.

Die Zeit schien still zu stehen. Wie versteinert stand er da, unfähig, das Geschehen wirklich zu fassen. Doch dann riss ihn ein klägliches Weinen aus der Starre und er erinnerte sich an die Bitte der Vogelfrau. Er musste eine Weile suchen, bis er das Mädchen fand. Es war noch sehr klein, nackt und saß zitternd im Schilf. Da legte er seine Jacke um das Kind, nahm es behutsam auf und trug es zu sich nach Hause. Als die Kleine endlich eingeschlafen war, ging er noch einmal hinaus und begrub die Vogelfrau, seine Flinte aber legte er zu ihr ins Grab, denn nun konnte er kein Wild und keinen Vogel mehr erlegen. Um sich und die Tochter der Vogelfrau aber zu ernähren verdingte er sich nun als Knecht bei den Bauern ringsum. Und man holte ihn gerne, denn er war ein ebenso tüchtiger Knecht, wie er vordem ein tüchtiger Jäger war. Das Mädchen aber liebte er wie eine eigene Tochter und er konnte sich nicht mehr vorstellen, ohne sie zu leben.

So vergingen die Jahre und das Mädchen wuchs zu einer schönen Jungfrau heran. Mit Bangen sah der ehemalige Jäger wie sehr sie ihrer Mutter glich und hatte nur noch Sorge, sie vor den Blicken der Männer zu verbergen. Die junge Frau war – wie schon als Mädchen, von sanftem, freundlichem Wesen, immer ruhig und in sich gekehrt und so ging ihr auch nichts ab in der Hütte ihres Vaters, wie sie ihn nannte und hatte auch nie den Wunsch in den benachbarten Dörfern zum Tanzen zu gehen. Nur im Frühling zog es sie immer mächtig zum See, dann wenn die Kraniche aus dem Süden zurückgekehrt waren. Aber der Vater wusste es immer so einzurichten, dass er sie nie allein gehen ließ und immer so laut mit ihr sprach, dass die Kraniche schon fort waren, wenn sie zum See kamen.

Mit jedem Jahr aber wurde die junge Frau stiller und blasser. Als wieder ein Frühling ins Land kam geschah es einmal, dass sie schon sehr früh, noch vor ihrem Vater aufgewacht war. Ein Traum hatte sie aufgeweckt und von diesem Traum blieb ihr eine unbeschreibliche Sehnsucht und so stand sie auf, schlich sich heimlich hinaus und lief zum See. Leichte Dunstschleier und ein sanftes Licht lagen über dem Wasser und der Tau hing noch an den jungen Gräsern und was sie dann sah, ließ ihr den Atem stocken. Sie sah den Hochzeitstanz der Kraniche und sank ohnmächtig zu Boden.

Als der Vater sie nicht im Hause fand, ahnte er nichts Gutes und suchte sie sogleich am See. Und als er sie dort wie tot am Boden liegen sah, zog es ihm das Herz zusammen, denn es war ein Bild wie damals! Nur die blutroten Federn fehlten. Behutsam hob er sie hoch, trug sie ins Haus und legte sie auf ihr Bett. Und da lag sie nun, nicht tot, aber auch nicht lebendig und die Tage und Monde vergingen ohne dass sie erwachte. Stundenlang saß der Vater an ihrem Bett und flehte sie an, endlich aufzuwachen und es war ihm, als müsste es ihm das Herz zerreißen.

Erst jetzt wurde ihm wirklich bewusst, dass er damals die Mutter getötet hatte und endlich konnte er darüber weinen. Und der Mann weinte um den Tod der Vogelfrau, den er verschuldet hatte und er weinte um deren Tochter, die jetzt die seine war. Und wieder einmal schien die Zeit still zu stehen.

In seiner großen Not erinnerte er sich plötzlich an die alte zauberkundige Frau, tief im Wald, der er damals als Jäger öfter dort begegnet war. Und obwohl er nichts auf der Welt fürchtete, war ihm jene Alte immer etwas unheimlich gewesen. Jetzt aber schien sie ihm seine letzte Hoffnung zu sein, wer, wenn nicht sie, könnte hier noch helfen. Also machte er sich auf den Weg und hoffte inständig, dass sie noch am Leben war. Und er fand sie auch, die Hütte der Alten, denn sein Spürsinn hatte ihn nicht verlassen – und sie war zuhause.

Freundlich begrüßte sie ihn, freundlich bat sie ihn herein und trug ihm eine Tasse Tee auf, dann fragte sie nach seinem Begehr. Und der ehemalige Jäger, der diesen Empfang nicht erwartet hatte, schüttete ihr sein Herz aus. Da wurde die Alte ernst, sehr ernst und sprach: „Wenn auch aus Unwissenheit, so hast du doch die Vogelfrau getötet, und dem Kind die Mutter genommen, aber auch ihre Tochter ist eine Vogelfrau und muss zu den Ihren zurück. Du kannst sie nicht mehr länger bei dir behalten, sonst muss sie wirklich sterben. Geh zum Grab ihrer Mutter, dort wirst du eine unversehrte Feder finden, lege sie dem Mädchen auf das Herz und sie wird erwachen, wirklich gesund aber wird sie nur, wenn du sie ziehen lässt und sage ihr, sie muss die Feder ihrer Mutter mitnehmen, wenn sie im nächsten Frühling zu den Kranichen geht."

Der Mann bedankte sich und ging ans Grab der Vogelfrau. Dort fand er wirklich eine unversehrte Feder und als er sie der Tochter auf die Brust legte, seufzte sie und erwachte. Wie froh war der Vater, wie froh drückte er sie an sein Herz und endlich konnte er ihr von ihrer Herkunft erzählen. Bisher hatte er geschwiegen, aus Scham über seine Tat und aus Angst, sie würde ihn dann hassen und verlassen. Aber die Tochter sah ihm in die Augen, mit dem gleichen Blick wie damals die Mutter, ohne Hass und ohne Trauer. Dann legte sie ihren Kopf auf seine Brust und flüsterte: „Halte mich noch einmal fest, Vater, wie früher." Und der Mann hielt seine Tochter fest in den Armen, schaukelte sie wie ein kleines Kind und seine tiefe Vaterliebe strömte ihr entgegen und umhüllte sie.

Diesen Winter noch! Diesen Winter noch genossen beide die Gegenwart des anderen und wussten, dass es das letzte Mal war. Und als der Frühling kam, nahm die Tochter der Vogelfrau Abschied von ihrem Ziehvater, nahm die Feder der Mutter und ging zum See. Es war noch früh am Morgen, ein leichter Dunstschleier und ein sanftes Licht lagen über dem Wasser und der Tau hing noch in den jungen Gräsern. Und dann sah sie, wonach sie sich so sehr gesehnt hatte: sie sah den Hochzeitstanz der Kraniche und es wurde ihr ganz leicht ums Herz und sie hatte Lust mitzutanzen und wurde in den Reigen aufgenommen. Ein Kranich war sie nun und mit einem Kranich vermählte sie sich.

Der Vater, der ihr heimlich gefolgt war, sah nun, wie seine Tochter ein Vogel wurde, sah sie den herrlichen Tanz tanzen und sah, wie sie mit den Kranichen davonflog. Dann ging er an das Grab ihrer Mutter und weinte nun zum zweiten Mal über ihren Tod und über den Verlust des Kindes. Da hörte er ein sanftes

Flügelrauschen und eine liebevolle Stimme sprach wie von weit her: „Nun ist alles gut und vergeben. Deine Liebe hat alles wieder ins Lot gebracht. Sei getrost, denn nichts hast du verloren, nur gewonnen!" Da kam ein tiefer Friede über ihn und getröstet ging er in sein Haus zurück.

Als der Herbst kam, klopfte es eines Tages an seine Tür und als der Mann öffnete, traute er seinen Augen nicht. Die Tochter der Vogelfrau, seine Tochter stand vor ihm und hielt ein kleines Mädchen im Arm. Die Liebe zu ihrem Ziehvater hatte sie zurückgebracht. Nun kam sie jeden Herbst und flog im Frühjahr als Kranich wieder davon. Die Enkeltochter aber blieb bei ihm, bis auch sie zu einer schönen Jungfrau herangewachsen war und mit ihrer Mutter davon flog.

Als der Mann seinen Tod heran nahen fühlte, ging er noch einmal, ein letztes Mal zum Grab der Vogelfrau und da wartete sie schon auf ihn, in einer durchscheinenden, lichten Gestalt und nahm ihn lächelnd an der Hand, da er fühlte sich so leicht und so frei – und flog mit ihr als Kranich in eine andere Zeit.

Ich kenne den Weg nicht

keine Landkarte
keine Straßenkarte
zeigt mir
wohin er mich führt.

Bekannte Gefilde
habe ich verlassen
voll Angst und Vertrauen.

Ich gehe
durch Niemandsland
was gestern war
ließ ich zurück!
Dem jungfräulichen Morgen
werde ich
keinen Stempel mehr
aufdrücken!

Vogelfrau

Der Mistelzweig

Damals, vor langer Zeit war die Mistel heilig und die Bäume in denen sie wuchs, galten als Wohnsitz der Götter. Mit dem Blitz vom Himmel herabgekommen blieb sie im Baum zwischen Himmel und Erde hängen, war göttlich und irdisch zugleich. Heilsam dem Menschen und heilig den Göttern. Die Steineiche aber, in der eine Mistel wuchs, war besonders heilig und galt als Tor zur Unterwelt und die Mistel im Baum war nicht nur der Schlüssel zu jenem Tor, sondern brachte einen auch wieder unversehrt aus der Unterwelt zurück.

Der Brauch, sich in der Adventszeit einen Mistelzweig heimzutragen ist noch eine leise Erinnerung an jenes alte Wissen. Aber eigentlich war sie für die Raunächte gedacht, jener Zeit zwischen den Jahren, in denen die Grenze zur Jenseits- und Geisterwelt durchlässig wird und die Mistel Schutz gab vor Geistern und Gespenstern, und denen half diese Zeit gut zu durchstehen, die an ihre Kraft glaubten.

Damals, vor langer Zeit lebte ein junger Hirte. Jahrein, jahraus trieb er seine Schafe in die kargen Hügel seiner Heimat. Genügsam waren sie und fanden immer noch ein Hälmchen, dort wo kein anderes Tier mehr Futter fand und genügsam war auch er, der Hirte und freute sich seines Lebens.

Eines Morgens, als er wie immer seine Schafe in die Hügel trieb, begegnete ihm eine steinalte Frau. Er grüßte sie ehrerbietig und wollte an ihr vorbeigehen, da blieb sie stehen und sprach ihn an: „Nun, mein Sohn, wie immer beim Schafe hüten. Sollst noch bessere Zeiten sehen. Hast du was für mich, so hab ich was für dich!"

„Ach Mütterchen", entgegnete der Junge fröhlich, „hab doch alles was ich brauch, aber wenn ich etwas habe, das du brauchen kannst, so geb ich's dir gern."

Da wackelte die Alte mit dem Kopf und brummelte vor sich hin: „Hat alles was er braucht … ja, ja, hat wirklich alles was er braucht … das ist gut … ja, ja, das ist sehr

gut!" Dann winkte sie ihn näher zu sich heran und murmelte geheimnisvoll: „Einen Mistelzweig brauch ich, einen Mistelzweig. Bring ihn mir, dann hilfst du dir!"
„Und wo find ich diesen Zweig?" fragte der Hirte.
„Drunten, tief drunten in der Schlucht, da steht ein Eichenbaum, ein steinalter Eichenbaum. In seinem Geäst da wächst die Mistel, mit ihren goldgrünen Blättern und den milchweißen Beeren. Brich mir ein Zweiglein, aber vorsichtig mit der Hand. Und hör nicht hin und schau dich nicht um, was auch immer geschieht, beachte es nicht und hab keine Angst. Gelingt dir das, dann geht's uns beiden gut. Gelingt's dir nicht, dann ist's um dich geschehen!"
„Wenn's weiter nichts ist, dann will ich's wohl wagen, wenn es dich so nach dem Zweiglein gelüstet. Aber was wird derweil aus meinen Schafen?"
„Die lass nur hier, ich hüt' sie dir!"

Da stieg der Hirte hinab in die Schlucht, tauchte hinein in die düsteren Schatten und schaute sich um nach dem Eichenbaum. Hier hing der Nebel noch nass und dicht zwischen den Bäumen, hier sang kein Vogel, hier raschelte kein Laub im sanften Wind. Totenstill war es und schwer die Luft. Aber unbeschwert ging der Hirte und fand schon bald die alte Eiche, stieg auf den Baum und fand auch, hoch oben die Mistel, brach einen Zweig. Da erhob sich ein Flüstern um ihn, ein boshaftes Flüstern, schwarzschattige gierende Hände griffen nach ihm. Doch der Hirte gedachte der Worte der Alten und hörte nicht hin auf das Flüstern und schaute nicht hin zu den Händen, stieg vom Baum. Den Zweig hatte er vorsichtig in sein linnenes Sacktuch gelegt und an seinen Gürtel gebunden. Behutsam stieg er vom Baum und suchte den Weg hinaus aus dem Schatten – und geriet immer tiefer hinein. Drohend standen die Bäume, rückten immer näher heran, das drohende Flüstern wurde lauter und lauter. Der Junge aber gedachte der Alten und ging im Vertrauen weiter, dass nichts ihm geschehen kann, wenn er all dies nicht beachte. Glutrote Augen leuchteten auf hinter dunklem Gebüsch, Wurzeln wurden zu

Schlangen, die ihm zischend und züngelnd den Weg versperrten. Er aber beachtete sie nicht und wie Spukgestalten verschwanden sie wieder im Nebel.

Da – ein Schrei!
Der Hirte erschrak! Aber nicht vor Angst, da wurde jemandem wehgetan, da schrie jemand vor Schmerz. Und ohne nachzudenken stürzte der Hirte dorthin, lief in die Richtung aus der der Schrei kam und blieb dann plötzlich stehen. Ein hoher Felsen türmte sich auf vor ihm, eine Öffnung darin, ein dunkler Schlund. Brodelnde, giftige Dämpfe entstiegen ihm. Und zu diesem Schlund hin zog und zerrte ein scheußliches Wesen ein Mädchen, schlug auf es ein. Und wieder der Schrei!
Der Hirte sprang hin und versperrte dem Scheusal den Weg. Ein goldenes Licht strahlte von seinem Gürtel, dort wo im Tuch der Mistelzweig lag. Der Unhold heulte auf, ließ das Mädchen los und ergriff die Flucht. Da traten die Bäume zurück, ein Weg tat sich auf neben dem Fels und der Hirte schaute in die Augen der Jungfrau, ergriff ihre Hand und zog sie mit sich fort, hinaus aus dem Schatten, hinauf in die Sonne und immer noch zitternd, doch froh folgte sie ihm.

„Hast es gut gemacht! … hast es wirklich gut gemacht!" lobte die Alte und der Hirte gab ihr den Zweig. Da wurde sie jung, wuchs zu strahlender Größe und rief dem staunenden Hirten zu: „Sieh, ich bin Freya, die Göttin der Liebe und gebe im Überfluss dem, der voller Vertrauen selbst sich gibt. Nimm sie, die Schöne, die du gerettet, nimm sie zur Frau dir, die Tochter des Königs, die schon dich liebt. Und nimm diesen Zweig hier mit den goldgrünen Blättern und den milchweißen Beeren, nimm ihn zum Schutz dir und zum Lohn. So lange er leuchtet, so lange er grünt, seid ihr gesegnet, gedeiht euer Reich!" Dann wurde sie Falke, stieg höher und höher und flog schließlich fort, in die Sonne hinein.

Der Hirte aber brachte die Tochter des Königs zurück in ihr Reich. Und sie zeigte freudig dem Volk ihren Retter, ihn den Hirten nahm sie zu Mann. Und Seite an

Seite regierten sie beide zufrieden und glücklich und weise ihr Reich. Kinder bekamen sie viele und Enkel und bis heute noch grünt ihr Zweig.

Zauberperlen

Es geschah einmal, weit hinter dem Gestern und lange vor dem Morgen, da eroberte ein mächtiger Herrscher ein kleines Reich, deren Einwohner, zum Kämpfen nicht geboren, über kein Heer verfügten, um es zu verteidigen.
Der Mächtige gierte schon lange nach diesem Land, das reich an Schätzen und Kunstwerken war. Und als alle Kundschafter, die er immer wieder durch das kleine Reich schickte, einhellig berichteten, dass das Land keine Verteidigung besaß, rüstete er zum Krieg. Im Handumdrehen hatte er das Land besetzt. Die Einwohner leisteten keinen Widerstand. Auch der Rat der Alten, der dieses Land regierte, trat angesichts der waffenstrotzenden Übermacht zurück und überließ dem Eindringling den Regierungspalast. Der Mächtige freute sich über den gelungenen Streich und bedauerte nur, nicht schon viel früher daran gedacht zu haben.
Eine schwere Zeit brach für das Volk an. Der Herrscher plünderte rücksichtslos nicht nur alle Schätze und Kunstwerke des Landes, sondern auch die Vorräte aus den Scheunen und die Herden von den Weiden. Als nichts mehr zu holen war verließ er das kleine Reich, das leer und verwüstet zurückblieb.

Erst als die Truppen des Eroberers schon lange fort waren, strömten die verängstigten Einwohner zusammen und ein paar begannen die Klagetrommel zu schlagen. Immer mehr Volk strömte zusammen, um zu weinen und zu klagen. Wenn jetzt kein Wunder geschah, würden sie den nächsten Winter nicht überleben.

Ganz in Trauer gehüllt erschien nun auch der Rat der Alten. Ehrfurchtsvoll machte das Volk Platz und eine erwartungsvolle Stille trat ein.

Der Rat der Alten bestand aus sechs Frauen und sechs Männern, sowie einer uralten Greisin, die schon viele Geschlechter kommen und gehen sah. Fast schien es, als wäre sie auf geheimnisvolle Weise schon immer da gewesen, von Anbeginn der Zeiten an. Ihr zerfurchtes, ledriges Gesicht mit dem Strahlenkranz schlohweißer Haare hatte meist einen abwesenden Ausdruck und wenn sie mit geschlossenen Augen in sich gesunken dasaß, konnte man fast glauben, dass sie nicht mehr in dieser Welt weilte. Doch in dem Augenblick, indem ihr eine Frage gestellt oder ein Anliegen vorgebracht wurde, richtete sie sich auf und mit einer kraftvollen Stimme, die man in ihrem gebrechlichen Körper nicht vermutet hätte, gab sie Rat und Antwort.

So war es auch diesmal. Als sich der Rat der Alten im Kreis zusammengesetzt hatte und man die Greisin fragte, was nun zu tun sei, antwortete sie mit ihrer kraftvollen, klaren Stimme:

„Es gibt eine Möglichkeit, den Hunger und das Unglück von uns zu wenden. In der Stillen Bucht der Kristallsee leben Muscheln und in diesen Muscheln wachsen Perlen mit Zauberkräften. Wenn ein Mensch mit reinem Herzen diese Perle schluckt, hat er gesegnete Hände und alles was er anpackt gerät zur Vollendung. Die Erde, die er bebaut, wird so fruchtbar, dass sich von einem kleinen Beet eine große Familie ernähren kann. Schluckt indessen ein gieriger Mensch eine solche Perle, so verkehrt sich die Kraft in ihr Gegenteil und alles was er anpackt misslingt und die Erde, die er bebaut, wird unfruchtbar bis in späte Zeiten."

Die Greisin schloss für eine kurze Zeit Augen und Lippen. Da erscholl eine ungeduldige helle Kinderstimme: „Ich will die Perlen holen, wo liegt die Kristallsee und wie komme ich dorthin?"

Doch die Alte antwortete nicht, es schien, als weilte ihr Geist in fernen Welten. Ein Knabe von zwölf Jahren sprang nun in den Kreis der Alten und stürzte zur Greisin.

Doch in ihrer unmittelbaren Nähe wurde er von Ehrfurcht gepackt, bezwang seine ungestüme Natur und setzte sich still zu ihren Füßen nieder. Deutlich spürte er einen stummen Befehl, zu warten und zu schweigen. Und das Schweigen breitete sich auch über den Rat der Alten hinaus auf das ganze zusammengeströmte Volk aus und es wurde so still, dass man eine Stecknadel zu Boden hätte fallen hören können. Endlich öffnete die Greisin wieder die Augen. Sie sah in die Runde und zuletzt blieb ihr Blick lange und forschend auf dem Jungen zu ihren Füßen liegen. Verlegen und errötend senkte dieser seine Augen, dann hob er sie wieder und sah die Alte furchtlos an. Sie aber nickte ihm zu und sprach: „Ja, ja, die Ungeduld der Jugend! Sie ist wie ein unberittenes Ross und kann dich schnell ins Unglück stürzen! Aber höre: die Kristallsee ist jenes Meer, das Himmel und Erde scheidet und liegt am Ende der Welt. Die Stille Bucht liegt dort eingeschlossen zwischen zwei hohen Bergen. Auf dem Gipfel eines jeden Berges aber wacht ein geflügelter Drache, ein roter und ein grüner. Sie schlafen niemals und bewachen die Stille Bucht und jeder Eindringling muss seine Keckheit mit dem Leben bezahlen."

„Warum erzählst du uns aber von diesen Perlen, wenn sie doch nicht zu holen sind?" fragte der Junge enttäuscht. Die Greisin lächelte, als sie weiter sprach: „Ich erzähle von diesen Perlen, weil es eine Möglichkeit gibt, sie zu bekommen. Wenn dein Herz so furchtlos ist, wie das von zehn Löwen, deine Geduld so groß, wie die von hundert lauernden Katzen und deine Absicht so unerschütterlich wie die von tausend Schildkröten, und wenn du ein Mädchen findest, das bereit ist, dich zu begleiten, dann gibt es einen Weg. Geh jetzt und morgen erwarte mich bei den drei alten Buchen."

Obwohl ihm noch viele Fragen auf der Zunge brannten, stand der Junge gehorsam auf und ging nach Hause. Der Rat der Alten blickte die Greisin erstaunt an und Vereinzelte wagten diese oder jene Frage. Ob sie wirklich meine, dass dieser Knabe geeignet sei, diese schwere Aufgabe zu vollbringen? Ob nicht nach anderen beherzten Männern und Frauen Ausschau gehalten werden sollte? Ob es denn wirklich keine andere Möglichkeit gäbe, das verwüstete Reich bis zum Winter wieder aufzubauen und Scheunen und Kammern wieder zu füllen? Doch die Alte war wieder in sich zusammengesunken und reagierte auf keine Frage mehr. Langsam zerstreute sich das Volk und auch der Rat der Alten kehrte in den ausgebrannten Regierungspalast zurück.

Schon vor Sonnenaufgang war der Knabe bei den drei alten Buchen. Weder das Weinen der Mutter, noch das besorgte Zureden des Vaters hatten ihn davon abhalten können und schließlich ließen ihn die beiden ziehen. Dort angekommen kletterte er auf die mittlere der drei Buchen und machte es sich in den Zweigen so bequem wie möglich. Er wartete auf die Greisin und von seinem luftigen Sitz aus hatte er einen guten Überblick auf die Umgebung, so dass er sie sofort bemerken musste, wenn sie sich den Buchen näherte. Und da sie ihm nicht gesagt hatte, wann sie zu den drei alten Buchen käme, schien es ihm richtig, schon vor Sonnenaufgang da zu sein.
Die ganze Nacht hatte er nicht geschlafen und über die Worte der Alten nachgedacht. Ja, mutig wie zehn Löwen fühlte er sich und die Geduld wollte er schon lernen. Auch was seine Absicht anbelangte, die Perlen zu holen, kannte er keine Zweifel. Nur, wo sollte er das Mädchen suchen und finden, das bereit wäre mit ihm dieses Abenteuer zu bestehen? In seiner ganzen Umgebung kannte er kein Mädchen. Sollte er durch das ganze Reich ziehen und alle Mädchen fragen müssen? Der Gedanke war ihm unangenehm, aber wenn es so sein sollte, wollte er das schon auf sich nehmen. Ob aber dafür die Zeit reichen würde? – Diese und ähnliche Fragen gingen dem Jungen immer wieder durch den Kopf während er auf die Greisin wartete.

Die Zeit verging. Die Sonne stand schon hoch am Himmel und sie war noch immer nicht erschienen. Langsam bewölkte sich der Himmel. Eine leichte Unruhe bemächtigte sich des Jungen. Wie, wenn sie doch nicht kommen würde? „Vielleicht will sie auch nur meine Geduld auf die Probe stellen", dachte sich der Junge und beruhigte sich wieder. Nun aber ballten sich die Wolken immer dichter zusammen und ein Sturm kam auf, dass sich die Bäume bogen. Ein schreckliches Gewitter, wie es der Knabe noch nie erlebt hatte ging nieder. Er klammerte sich an den Ästen fest, doch dann, mitgerissen von den Naturgewalten, sprang er vom Baum, breitete seine Arme aus und tanzte im sturmgepeitschten Regen um die drei alten Buchen. Jeden Blitz und Donnerschlag begrüßte er mit ekstatischen Schreien. Dann, ebenso plötzlich wie gekommen, verebbte der Sturm, der Regen hörte auf und leise grollend verzogen sich auch die schwarzen Wolken. Triefnass und von einem Glücksgefühl durchdrungen, wie er es noch nie erlebt hatte, stand der Knabe zwischen den Bäumen, als er ein anderes Grollen vernahm. Ein sehr tierisches. Und als er sich umsah, gewahrte er ein Rudel Wölfe, die geduckt und mit gefletschten Zähnen von allen Seiten auf ihn zukamen. „Ihr kommt mir gerade recht!" lachte der Junge, der die ganze Kraft des eben erlebten Gewitters in sich spürte. Er hätte es im Moment auch mit einem Dutzend Löwen aufgenommen. Schnell brach er sich einen Ast vom Baum und stellte sich mit dem Rücken an dessen Stamm, als sich die Wölfe auch schon geifernd auf ihn stürzten. Mit seiner ganzen Kraft und Entschlossenheit schlug der Knabe auf sie ein und vor seinen erstaunten Augen löste sich jeder Wolf, der von seinem Ast getroffen wurde in Nichts auf. Im Nu war der ganze Platz leer, als wäre kein einziger Wolf da gewesen. Der Junge atmete noch schwer von der Anstrengung und wusste nicht, was er davon halten sollte, als er in der Ferne seinen Namen rufen hörte. Der Morgen dämmerte bereits und der Junge freute sich, denn er meinte, nun käme endlich die alte Greisin, um ihm alles weitere zu sagen. Aber die Alte kam nicht und das Rufen wurde wieder schwächer und schwächer. Enttäuscht setzte er sich auf die mächtigen Baumwurzeln der mittleren Buche. Da hörte er wieder seinen Namen rufen, diesmal aus einer anderen Richtung. Schon wollte er aufspringen, um in diese Richtung zu eilen, dann aber besann er sich und setzte sich wieder. Die Alte wollte ihn hier treffen, also musste er auch hier auf sie warten, und er bezwang den inneren Drang, der Stimme zu folgen. Da wurde die Stimme wieder schwächer und entfernte sich schließlich.

Aber ein drittes Mal wurde der Ruf so stark und drängend, dass er ihm fast nicht widerstehen konnte. Auch war dem Knaben, als würde ihm eine lichte Mädchengestalt zuwinken. „Vielleicht ist dies das Mädchen, das mich begleiten will", dachte er und sprang auf. Doch nun bekam er Angst, denn da schien ein mächtiger Wille am Werk zu sein und verzweifelt rief er nach der Greisin. Im selben Augenblick hörte das Rufen auf und lächelnd stand die Alte vor ihm. Sie strich ihm sanft über das nasse Haar und sprach: „Du hast die Proben gut bestanden, mein Kind. Nun bin ich überzeugt, dass du es schaffen kannst. Hör nun gut zu: Heute Nacht wachst du hier unter den Buchen. Sieh zu, dass du nicht einschläfst, denn nur heute Nacht zeigt sich dir der Weg zur Kristallsee als leuchtendes Band. Folge ihm, soweit du kannst, bis die Nacht dem Tag weicht. Dann lasse dich auf der Stelle zu Boden fallen und steh nicht eher auf, als bis es wieder Nacht wird und das Band wieder leuchtet. Lass dich durch nichts abbringen und weiche keinen Zentimeter von der Stelle, sonst besteht die Gefahr, dass sich das Band nicht mehr zeigt und du dich für immer verlaufen wirst und nicht mehr nach Hause zurückfindest. Drei Nächte lang musst du diesem Band folgen und tagsüber schlafen. Am Morgen des vierten Tages aber musst du das erste Lebewesen fangen, das dir über den Weg läuft. Lass dich darin nicht beirren, denn alles Weiter findet sich dann von selbst."

„Und das Mädchen"? wollte der Junge gerade fragen, da verschwand die Greisin vor seinen Augen. An der Stelle aber, an der sie gestanden hatte lag ein glänzender Stein. Der Junge hob ihn auf und steckte ihn in seine Tasche. Er setzte sich wieder auf die große Wurzel am Fuße des mittleren Baumes. Eine Zeitlang saß er so da und überdachte das eben Gehörte. Aber langsam begann er müde zu werden. Um nicht einzuschlafen fing er an zu singen und er sang, bis er keine Stimme mehr hatte und ihm auch kein Lied mehr einfallen wollte. Schon nach kurzer Zeit begannen seine Augen schwer zu werden. Mit letzter Kraft stand er auf und ging um die Buchen herum, dabei steckte er seine Hände in die Tasche und pfiff vor sich hin. Seine Hand fühlte den Stein in der Tasche und umschloss ihn. Da wich plötzlich alle Müdigkeit von ihm und voll Freude begann er wieder zu singen.

Schon bald darauf gewahrte er einen hellen Schimmer und plötzlich sah er ein leuchtendes Band, das sich bis zum Horizont erstreckte. Schnell lief der Junge auf diesem Band ohne anzuhalten und zu verschnaufen, bis es zu dämmern begann und die Nacht dem Tag wich. Sofort ließ er sich zu Boden fallen und schlief vor Erschöpfung gleich ein.

Er erwachte, als der Tag schon weit fortgeschritten war, weil ihn jemand unsanft rüttelte. „Steh auf, du Faulpelz, liegst den ganzen Tag schon hier in der Sonne und mir im Weg!"

Es dauerte eine Zeitlang, bis der Junge seine Gedanken soweit beisammen hatte, dass er sich an die Worte der Greisin erinnerte und wusste, dass er hier an dieser Stelle liegen bleiben musste, egal was passieren würde. Und so rührte er sich nicht von der Stelle und stellte sich weiter schlafend. Da bekam er böse Fußtritte und der Mensch versuchte ihn wegzuzerren. Fest umschloss der Junge seinen Stein und flehte die Alte still um Hilfe an. Und so sehr der Mensch sich auch abmühte, ihn von der Stelle zu bekommen, es gelang ihm nicht, der Junge schien wie mit dem Boden verwachsen zu sein. Ein paar Mal trat er noch nach ihm und entfernte sich schließlich schimpfend und fluchend. Der Knabe riskierte ein Auge und erschrak nicht wenig, als er sah, dass der Davoneilende ein hünenhafter Kerl war und dass er mitten in einem Acker lag, der diesem wohl gehörte, denn nicht weit von ihm stand ein großes Pferd, vor einem Pflug gespannt und wartete geduldig. Nicht lange danach, hörte der Junge wieder die fluchende Stimme, diesmal begleitet von freudigem Bellen. Und was er befürchtet hatte geschah, der hünenhafte Kerl hetzte seinen Hund auf ihn. Für den Bruchteil einer Sekunde wusste der Junge nicht, ob er aufspringen und sich wehren, oder davonlaufen sollte. Aber der Stein in seiner Hand erinnerte ihn an die Worte der Alten und so blieb er mit klopfendem Herzen liegen. Und wie durch ein Wunder kam der Hund winselnd am Bauch angekrochen, beschnupperte ihn kurz und suchte dann mit eingezogenem Schwanz das Weite. Der Riese schäumte vor Wut, packte das Pferd am Zügel und trieb es wieder zur

Arbeit an. Aber das Pferd wieherte grell, bäumte sich auf und als der Riese zur Peitsche griff ging das Pferd durch und galoppierte, den Pflug hinter sich herschleifend, quer durch die Felder davon. Da gab der Hüne endlich auf und ging wutschnaubend weg. Der Knabe aber blieb auf der Stelle liegen, bis die Nacht hereinbrach. Als sich das leuchtende Band wieder zeigte, lief er wieder los und lief ohne Rast zu machen, bis das Band in der frühen Morgenstunde erlosch. Wieder ließ er sich auf der Stelle zu Boden fallen und schlief auch sofort ein.

Als er erwachte hörte er ein dumpfes Gemurmel rings um sich. Er wagte nicht die Augen zu öffnen sondern umschloss den Stein in seiner Hand und sprach sich Mut zu, fest entschlossen, sich nicht von der Stelle zu bewegen, was immer auch geschehen mochte. Das Stimmengewirr wurde lauter, es wurde an seinen Haaren gerissen und wie mit tausend Nadeln auf ihn eingestochen. Unverständliches wurde hin- und hergerufen und plötzlich atmete er einen beißenden Dampf ein, der zudem stank, dass ihm speiübel wurde. Doch der Junge hielt tapfer aus, bis die Dunkelheit anbrach und das Gemurmel und hektische Treiben aufhörte. Kaum aber öffnete er die Augen, sah er schon das Band aufleuchten. In Windeseile sprang er auf und lief die ganze Nacht ohne Unterbrechung. Bei Morgengrauen ließ er sich erschöpft auf den Boden fallen. Er wusste aber, dass er diesmal nicht einschlafen durfte.

Von allen Prüfungen, die er bis jetzt durchgemacht hatte, war dies die härteste. Er nickte immer wieder ein und schreckte dann entsetzt hoch. Wenn er jetzt einschlafen würde, war alles umsonst! Nun galt es das erste Lebewesen zu fangen, das ihm über den Weg lief. Verzweifelt umklammerte der Junge den Stein in seiner Tasche, aber er verspürte kaum mehr eine Wirkung, so todmüde war er. Als ihm wieder die Augen zufielen, schreckte ihn das Gekrächze mehrer Krähen auf, die sich nicht weit von ihm auf einer knorrigen Eiche niederließen.

Der Junge überlegte, ob das wohl die Lebewesen seien, von denen er eines fangen sollte. Aber wie sollte er einen Vogel fangen? Das war schon in seinen besten Zeiten nicht leicht, aber so müde und ausgehungert wie er war, einfach aussichtslos.

Plötzlich drang ein leises Rascheln an sein Ohr und der Junge war wieder hellwach. Hunger, Durst und Erschöpfung vergessend, hob er langsam seinen Kopf und begann aufmerksam in die Richtung zu blicken, aus der das Rascheln kam. Endlich sah er eine kleine Haselmaus, die unter dem Laub und zwischen den Gräsern im Gebüsch nach Nahrung suchte und dabei immer näher kam. Fieberhaft überlegte er, wie er wohl das kleine flinke Tier fangen könnte. Auf keinen Fall durfte er sich bewegen. Die Maus kam immer näher. Der Junge lag auf dem Boden und rührte sich nicht. In der Hand hielt er immer noch den glänzenden Stein und einem plötzlichen Impuls folgend ließ er den Stein ganz langsam auf den Boden gleiten und wölbte seine Hand darüber. So lag er lange Zeit da und ließ sich weder von den Krähen, noch von tappenden Geräuschen hinter sich ablenken. Seine ganze Aufmerksamkeit blieb auf die kleine Haselmaus gerichtet, die mal verschwand, aber immer wieder und immer näher auftauchte. Der Knabe wusste nicht, wie lange er so dagelegen hatte, bis seine Mühe endlich belohnt wurde. Die kleine Maus schlüpfte tatsächlich in seine gewölbte Hand, um an dem glänzenden Stein zu schnuppern. Blitzschnell schloss der Junge die Hand um Stein und Maus und stieß vor Freude und Erregung einen lauten Schrei aus, dass die Krähen erschrocken auf- und davonflogen. Mit einemmal wurde es still im Wald, als hielte alles den Atem an. Nun nahm der Knabe auch die Umgebung wahr und er sah, dass er am Rande einer kleinen Waldlichtung lag. Er setzte sich vorsichtig auf, darauf bedacht, dass die Haselmaus in seiner Hand nicht entwischen konnte und steckte sie behutsam in seine Hosentasche. Da hörte er ein Schimpfen und Keifen und ein uraltes, hässliches Weib erschien auf der Lichtung. Es sah ihn böse an und schimpfte: „Du also störst die Ruhe in meinem Wald! Was hast du hier überhaupt zu suchen?"

Der Junge sah sie furchtlos an und indem er aufstand, sagte er: „Ich bin auf dem Weg zur Kristallsee und habe mich wohl etwas verirrt, aber vielleicht kannst du mir weiterhelfen?"

„Schau, schau", krächzte die Alte und sah ihn verschlagen an, „du willst also zur Kristallsee, dorthin wollen sie alle! Wenn du mir einen Gefallen tun willst, zeige ich dir den Weg."

Erfreut sagte der Knabe zu und das Hexenweib hieß ihn mitkommen. Es dauerte nicht lange, da standen sie vor einer kleinen, windschiefen Hütte aus Rinden und Zweigen. Sie hieß ihn vor der Tür warten und ging hinein. Der Junge sah sich um und es wurde ihm etwas unheimlich zumute. Die kleine Lichtung, in der die Hütte stand, war von knorrigen Bäumen und verwitterten Felsen umrahmt. Es herrschte ein eigentümliches Zwielicht und bei näherem Hinsehen entpuppten sich die Felsen als Haufen von Schädelknochen. Ein übler Geruch lag über allem. Nach kurzer Zeit kam das hässliche Weib wieder aus ihrer Hütte. Sie hatte eine Schüssel in der Hand, hielt sie dem Knaben hin und sagte: „trink dies mein Söhnchen, trink, es wird dich stärken." Und da der Knabe durstig war, langte er nach der Schüssel. Doch da biss ihm die kleine Haselmaus, die er mit der anderen Hand immer noch in seiner Tasche hielt, kräftig in den Finger, so dass er aufschrie. Die Schüssel fiel ihm aus der Hand, zerbrach auf dem Boden und hinterließ einen schwarzen Fleck, als wäre dort alles Gras verbrannt.

Der Junge fasste sich sofort und indem er sich hinter dem alten Weib versteckte, rief er: „Wer hat mich hier geschlagen! Oh, Mütterchen, halten sich hier böse Geister versteckt? Dann will ich nicht länger bleiben!" Da beruhigte sich die Alte, die schon losschimpfen wollte und sprach: „Hast es wohl eilig von hier fort zu kommen, gut, gut, das haben sie alle! Kannst gehen, wenn du mir aus jenem Nest auf dem Baum dort ein Ei geholt hast, das ich unbedingt haben muss. Aber meine alten Knochen können nicht mehr auf Bäume klettern, doch du bist jung und flink, hol mir also das Ei herunter, dann kannst du gehen!"

Schnell kletterte der Junge auf den bezeichneten Baum. Aber als er nach dem Ei griff, biss ihn die kleine Haselmaus wieder. Das Ei fiel ihm aus der Hand und als es am Boden zerbrach, stieg schwarzer Rauch auf und dort wo es aufschlug blieb ein Loch zurück.

„Kannst du denn nicht besser aufpassen, du Tollpatsch! Nun dauert es wieder vierzig Jahre bis ich ein solches Ei bekommen kann!" keifte das alte Weib zornig. „Du bist auch zu gar nichts zu gebrauchen!"

Immer wieder beteuerte der Junge, dass er nichts dafür könnte, da ihn schon wieder ein unsichtbarer Geist geschlagen hätte und er spielte ihr eine täuschend echte Angst vor und bat die Alte um ihren Schutz, so dass sich das Hexenweib wieder beruhigte. Insgeheim aber fragte er sich, was die Alte mit ihm wohl vorhatte, denn dass sie ihm übel wollte, hatte er jetzt begriffen und auch, dass die kleine Haselmaus in seiner Hosentasche seine Beschützerin war, obwohl er nicht wusste warum.

„Was du für Flausen im Kopf hast", brummelte sie vor sich hin und hieß ihn dann Wasser aus dem Brunnen zu schöpfen. Wenn er das getan habe, könne er gehen und sie werde ihm den Weg zeigen. Der Brunnen stand hinter der windschiefen Hütte und war ein uralter Ziehbrunnen. An einer Winde musste man den Eimer hochziehen. Der Knabe strengte seine ganzen Kräfte an, aber der Eimer war schwer und schien immer schwerer zu werden, je höher er ihn heraufzog. Endlich hatte er ihn heroben und als der Junge nach dem Eimer greifen wollte, biss die Maus in seiner Tasche wieder zu, so dass der Junge unvermutet zusammenfuhr, das Gleichgewicht verlor und kopfüber in den Brunnen stürzte. Dabei verlor er die Besinnung.

Als er wieder zu sich kam befand er sich in einer Einöde und neben ihm saß ein Mädchen in seinem Alter. Benommen fragte er: „Wer bist du, und wie komme ich hierher?" „Ich war die kleine Haselmaus, die du gefangen hattest. Die Alte, diese hinterhältige Hexe, verwandelt alle Menschen, die in ihren Wald kommen in Tiere. Mich hat sie in eine Maus verwandelt. Dich habe ich vor diesem Schicksal bewahrt und sei froh dass es mir geglückt ist. Der Zauberbrunnen ist der einzige Weg, ihrem Bannkreis zu entkommen, aber kein Tier kann sich ihm nähern. Ich habe dir geholfen und ohne es zu wissen, hast du mir geholfen und gemeinsam werden wir die Zauberperlen holen!" „Woher weist du davon?" fragte der Knabe erstaunt. „Der Stein in deiner Tasche hat mir alles gesagt", antwortete das Mädchen.

Der Knabe griff in seine Tasche, um den Stein hervorzuholen, da legte ihn das Mädchen lächelnd in seinen Schoß. Der Stein glänzte und leuchtete noch schöner als zuvor und verwundert nahm ihn der Junge und besah ihn sich von allen Seiten.

„Und noch etwas hat mir der Stein verraten, als ich noch die kleine Haselmaus war. Er hat mir gesagt, wie wir die Drachen zum Einschlafen bringen können und noch etwas ...", sagte das Mädchen voller Freude, nahm den Stein, hauchte darauf und rieb ihn dreimal. plötzlich hielt sie einen Krug, gefüllt mit frischem, klarem Quellwasser, in ihrer Hand. Sie reichte ihn erst dem Knaben, der in langen Zügen trank, dann trank sie selbst. Und wieder hauchte sie auf den Stein und rieb ihn dreimal, dann hielt sie einen Laib Brot in der Hand, der herrlich duftete. Als sie satt waren fühlten sie sich gestärkt und voller Tatendrang. Nun erklärte das Mädchen was zu tun sei. „Zuerst müssen wir den Stein in der Mitte auseinander brechen, denn jeder von uns braucht ein Stück. Du gehst mit deinem zum grünen Drachen, ich mit meinem zum roten. Es ist ein weiter Weg und wir dürfen nicht ruhen, bis wir in die Nähe ihres Berges angekommen sind. Sobald die Drachen uns erspähen und losfliegen um uns zu töten, müssen wir den Stein in den Mund nehmen und uns auf den Boden werfen und regungslos liegen bleiben. Die Drachen werden verwirrt sein und uns nicht töten, sondern in ihr Nest am Gipfel des Berges tragen. Wir müssen solange regungslos bleiben, bis die Drachen wieder ihre Aufmerksamkeit auf die Umgebung richten, um die Stille Bucht zu bewachen. Dann sollen wir den Stein hervorholen. Eine wundersame Musik wird ertönen, die die Drachen zum Einschlafen bringen wird."

„Hast du denn keine Angst, dass die Drachen uns doch töten werden?"

„Nein, ich vertraue der Macht dieses Steines", antwortete das Mädchen, „außerdem, wer durch die Verwandlung einer Hexe gegangen ist, hat keine Angst mehr! Lass uns nun gehen, die Zeit drängt!"

Jedes nahm nun die Hälfte des Steines, der sich mühelos auseinander brechen ließ und sie machten sich auf den Weg. Weit in der Ferne erhoben sich die Gipfel und es war ein langer und beschwerlicher Weg. Heiß brannte die Sonne auf den gleißenden Sand und nichts wuchs darauf, um Schatten zu spenden. Eine zeitlang gingen sie noch gemeinsam, dann aber ging der Junge auf den Berg zu, auf dessen Gipfel er es grün schimmern sah, das Mädchen auf den anderen.

Der Tag neigte sich schon dem Ende zu, als der Knabe endlich bemerkte, wie sich die Drachen in die Lüfte erhoben. Schnell steckte er den Stein in den Mund, warf sich auf den Boden und blieb regungslos liegen. Keine Sekunde später rauschte es gewaltig und der Flügelschlag des Drachen wirbelte den Sand auf, als jage ein Sandsturm darüber hinweg. Der Junge hatte schon Angst im Sand zu ersticken, als er sich von mächtigen Klauen gepackt und in die Luft gehoben fühlte. Der Griff der Klauen war äußerst schmerzhaft, aber tapfer hielt der Junge den Schmerz aus und dachte die ganze Zeit an die Zauberperlen. Er sah sich schon im Geist die kühle Flut hinabtauchen, um sie zu holen. Diese Vorstellung half ihm und auch von dem Stein in seinem Mund ging eine große Beruhigung aus. Dann, als eine lange Zeit verstrichen war, in der er regungslos dort liegen blieb, wo der Drache ihn hatte fallen lassen, öffnete er vorsichtig die Augen und als er sah, dass der Drache wieder aufmerksam die Gegend beobachtete, holte er langsam, ganz langsam und vorsichtig seine Hälfte des Steins hervor. Im selben Moment erklang aus dem Stein eine seltsame, tönende Melodie und auch vom anderen Gipfel her erklang dieselbe Weise. Der Drache geriet zusehends in eine Starre, bis er zum Schluss aussah, als wäre er aus Stein gehauen und als der Junge ihn berührte, fühlte er sich auch an wie Stein. So schnell er konnte und die Dunkelheit es zuließ, kletterte der Junge nun den Berg hinab. Er lief, was er konnte auf die Stille Bucht zu und traf auf der Hälfte des Weges das Mädchen, das ihm schon von weitem aufgeregt und fröhlich zuwinkte. Ausgelassen umarmten sie sich und tanzten im Kreis herum. Dann aber liefen sie ans Ufer, zogen die Kleider aus und schwammen in ein schimmerndes, leuchtendes Wasser hinein. Es war kristallklar und sie sahen bis zum Grund. Dort lagen Muscheln in den schönsten Farben und Formen und sie öffneten und schlossen sich im Rhythmus der Wellen. Die Kinder sahen wunderschöne Perlen aus ihrem Inneren schimmern, tauchten hinab und als jedes eine Handvoll hatte, schwammen sie ans Ufer zurück. Sie ruhten sich aus und betrachteten entzückt den Schatz in ihren Händen.

Nach einer Weile fragte das Mädchen: „Wie kommen wir aber jetzt zurück? Das hat mir der Stein nicht verraten!" „Vielleicht leuchtet uns ja das Band wieder, das mich zu dir gebracht hat", überlegte der Knabe und im selben Moment erschien tatsächlich ein leuchtendes Band, das sich bis zum Horizont erstreckte. Die beiden Kinder zogen sich schnell an und liefen den Rest der Nacht soweit sie konnten. Drei Nächte liefen sie und schliefen am Tag, die schimmernden Perlen sorgsam bewahrend. Am Morgen nach der dritten Nacht erreichten sie die Heimatstadt des Jungen. Sie gingen zum Regierungspalast und davor, auf dem großen Platz saß die uralte Greisin in ihrem Stuhl.

Als die beiden Kinder auf sie zutraten, erhob sie sich, empfing sie mit ausgebreiteten Armen und mit einem frohen Lächeln. Mit Tränen in den Augen nahm sie die Perlen entgegen, die die Kinder ihr strahlend überreichten. Dann segnete sie ein jedes und gab ihnen je eine der kleinen schimmernden Perlen in den Mund. Und es kam, wie die Greisin vorausgesagt hatte: Alles, was die beiden in Zukunft begannen, geriet zu ihrem Glück. Noch viele andere aus ihrem Volk erhielten eine Perle und in kurzer Zeit kehrte wieder Reichtum und Schönheit in das kleine Reich ein und die Erde war fruchtbar, wie noch nie!

Der mächtige Herrscher aber erhielt auch eine solche Perle zum Geschenk. Und als er erfuhr, welche guten Zauberkräfte sie besaß, schluckte er sie gierig, um seinen Reichtum zu vermehren. Aber auch bei ihm tat sie ihre Wirkung und in kurzer Zeit hatte er sein Reich und sich selbst zugrunde gerichtet.

Die Bucklige

Zu Menschheitsanfängen, als die Welt noch jung war, geschahen noch viele seltsame Dinge und die wunderbarsten Geschichten wurden von den Älteren an die Jüngeren weitergegeben. So hat auch die folgende Geschichte ihren Weg zu mir gefunden.

Die Herrscherin eines großen Reiches rief ihren einzigen Sohn zu sich und sprach: „Mein Sohn, du bist nun herangewachsen und wirst eines Tages die Herrschaft übernehmen. Es ist aber alter Brauch, dass du vorher dein zukünftiges Reich und seine Bewohner kennen lernst. Ziehe hinaus mit meinem Segen und möge er dich vor allen Gefahren beschützen." Nach diesen Worten nahm sie ein Lederbeutelchen von ihrem Hals, das mit kunstvollen Stickereien verziert war und hängte es ihrem Sohn um. Dann gab sie ihm ihren goldenen Ring, umarmte ihn innig und ließ ihn ziehen.

Der junge Königssohn schwang sich auf sein Pferd und sprengte zum Tor hinaus wie ein losgelassener Vogel, der zu lange im Käfig gesessen hatte. Er ritt der Sonne entgegen, die gerade golden im Osten aufstieg. Das Herz wurde ihm weit, als er die Schönheit und Vielfalt des Landes sah, durch das er ritt. Nach einiger Zeit erreichte er die erste der großen Städte des Reiches. Sie lag am Rande eines großen Waldes, den das Volk „das große Humzul" nannte. In ihm, so wurde erzählt, werden die Geister geboren. Es war eine fröhliche Stadt mit bunten Häusern und einer großen Zahl von Türmen und Türmchen. Viele herrliche Gärten erfreuten das Auge und die Menschen waren einfach und guter Laune. In den großen Gärten gab es verschwiegene Plätze von erlesener Schönheit und luden zur Besinnlichkeit und zum Träumen ein.

Nachdem sich der junge Königssohn in der Stadt umgesehen hatte, begab er sich an einen dieser Plätze, um sich auszuruhen, dann wollte er sich nach einem Nachtquartier umsehen. Es dauerte nicht lange, da war er von einer Schar spielender Kinder umringt. Sie zogen ihn mit sich fort und lachend ließ er es geschehen. Die Kinder führten ihn zu einem kleinen, verwunschenen Häuschen. Dort sollte er mit ihnen spielen. Als er müde wurde setzte er sich an die Treppe und erzählte den Kleinen alte Geschichten, die er von seiner Mutter wusste. Schnell sprach es sich herum und bald war das Häuschen voller Kinder. Später am Abend kamen dann noch die Mütter und Väter hinzu und brachten liebevoll zubereitete Speisen und kühle Getränke. Bis spät in die Nacht hinein wurde erzählt, gelacht und getanzt, denn einige brachten auch ihre Musikinstrumente mit. Schließlich richteten sie dem Fremden ein bequemes Lager, wünschten ihm eine Gute Nacht und begaben sich ebenfalls zur Ruhe.

Schon früh am nächsten Morgen brach der Königssohn wieder auf und lenkte sein Pferd Richtung Süden, einem kleinen Rinnsal entlang, das seinen Ursprung im Großen Humzul hatte. Dort, wo das Tal seine Arme weit ausbreitete in eine hüglige Landschaft und der Große Fluss das Rinnsal aufnahm, lag die nächste Stadt, großzügig an beiden Seiten des Flusses angelegt und mit hundert Brücken verbunden. Sternförmig schickte sie ihre Straßen in die Landschaft, voll pulsierenden Lebens. Je näher der Königssohn der Stadt kam, desto bunter und geschäftiger wurde das Treiben um ihn. Obstkarren, Gemüsewägen, Händler, Handwerker, Wasserträger und Spielleute drängten irgendwelchen Zielen entgegen. Es war die Stadt der Kaufleute und Handwerker, aber auch der Künste und Unterhaltungen.
Betäubt von der Vielfalt der Eindrücke, landete der Königssohn schließlich am Marktplatz. Viel Volk stand herum und schaute aufmerksam und voll Begeisterung einem Puppenspieler zu. Bald war auch der junge Königssohn von dem Spiel so gefangen, dass er die Zeit vergaß. Erst als es dämmerte und der Puppenspieler seine

Puppen einpackte, merkte er, wie müde und hungrig er war. Da sprach ihn der Puppenspieler, ein alter weißhaariger Mann, an und lud ihn zu sich ein. Der Königssohn nahm diese Einladung mit Freuden an, denn er hatte sich ja noch nicht um eine Herberge bemüht, auch gefiel ihm der Alte.

Sieben Tage blieb der Königssohn bei dem Puppenspieler. Dieser führte ihn durch die ganze Stadt. Er kannte ihre geheimsten Winkel, wie er auch die geheimsten Regungen und Gedanken der Menschen kannte und in seinem Puppenspiel zu Wort kommen ließ. Eine tiefe Freundschaft verband die beiden.

Schließlich aber zog es den Königssohn wieder fort. Zum Abschied umarmte ihn der Puppenspieler und sprach: „Nur wenige erkennen den Weisen, vielen erscheint er als Narr!" Und er gab ihm seine Lieblingspuppe, den Clown Machza mit auf den Weg, segnete ihn und sprach weiter: „Vergiss nicht! ich bin dein Freund. Wann immer du mich brauchst und wo auch immer, rufe mich und ich werde da sein!" Dann verschwand er auf geheimnisvolle Weise.

Der Königssohn folgte einer Straße, die ihn westwärts führte. Vorbei an schönen Weingärten und fruchtbaren Obsthainen, vorbei an einfachen Gehöften und lieblichen Ansiedlungen, erreichte er schließlich die größte Stadt des Reiches. Sie lag, weit ausgedehnt an den Ufern eines großen Sees. Riesige Tempelanlagen und berühmte Schulen waren das Wahrzeichen dieser Stadt. Die Häuser und Gärten waren von erlesener Eleganz, aber es lag ein Ernst über dieser Stadt, was den Königssohn seltsam berührte. Als er durch die feierliche Stille dieser Stadt ritt wurde er immer betrübter, bis er plötzlich merkte, was ihm fehlte. Es war der fröhliche Lärm spielender Kinder, den er vermisste. Es gab keine spielenden Kinder auf der Straße. Wenn er welche erblickte, so eilten diese mit einem Bündel Bücher unter dem Arm zielstrebig auf die großen Tore der Schulen zu. Dieser Anblick ging ihm sehr nahe und er beschloss, nicht eher aus dieser Stadt zu gehen, bis es ihm gelungen war, das Lachen in den Herzen der Kinder wieder zu erwecken.

Der Königssohn suchte die Universität der Stadt auf und ließ sich als Student eintragen. Bald fand er auch eine Unterkunft. Eine Lehrerfamilie, deren Sohn ums Leben gekommen war, nahm ihn auf. Der Lehrer fand Gefallen an dem Königssohn und berichtete diesem bereitwillig aus dem Schulalltag der Kinder. Schon die Kleinsten wurden angehalten die alten Überlieferungen auswendig zu lernen, später schulten sie sich in der Interpretation dieser Schriften. Als Gelehrte schließlich stritten sie sich um die besten Interpretationen, zerpflückten in endlosen Debatten die alten Überlieferungen und verstrickten sich in immer kompliziertere Deutungsversuche. Der Königssohn kannte die alten Überlieferungen und sie schienen ihm klar und verständlich, umsomehr verwunderte ihn die Vielfalt der Interpretationen. Doch es dauerte nicht lange und auch er verfing sich im Spinnennetz der Gelehrten und geriet immer tiefer hinein, je mehr er von dem Gedanken besessen war, diesen fruchtlosen Streit um Interpretationen zu durchbrechen.

Der Königssohn merkte gar nicht, was mit ihm geschah. Nun hatte er selbst das Lachen verlernt. Zudem hatte er sich in die Tochter des Lehrers verliebt. Ihre kühle Schönheit und ihr scharfer Verstand faszinierten ihn und er wollte sie als seine Gemahlin heimführen. Er dachte nicht mehr an die Kinder.

Doch eines Nachts hatte er einen seltsamen Traum: Er befand sich in einem hellen hohen Raum, der keine Fenster hatte und sehr schmal war. Er wollte hinaus, aber jede Türe führte ihn nur wieder in helle, hohe, schmale Räume ohne Fenster. Er fing zu laufen an, aber durch wie viel Türen er auch lief, er kam immer wieder in die gleichen hellen, schmalen, fensterlosen Räume und fand keinen Ausweg. Als ihn eine grenzenlose Verzweiflung überkam, stand plötzlich der Puppenspieler vor ihm und strich ihm sanft über die Augen.

Der Königssohn weinte, als er die Bedeutung des Traumes erfasste und sich in seiner Verstrickung sah. Er merkte, wie er selbst das Lachen verlernt hatte und weit davon entfernt war, das Lachen in die Herzen der Kinder zu tragen. Auch die Tochter des Lehrers faszinierte ihn nicht mehr. Er dachte mit Wehmut an seinen

Freund, der ihm im Traum erschienen war. Plötzlich stand der Puppenspieler vor ihm und der Königssohn fiel weinend vor ihm nieder. Sanft hob ihn der Alte auf und umarmte ihn voll Liebe. Gemeinsam zogen sie nun durch die Stadt und wo immer sie spielten, kehrte das Lachen in die Herzen der Kinder zurück und man sah sie wieder spielen. Aber auch in die Herzen der Großen kehrte Freude ein und die fruchtlosen Debatten hörten endlich auf. Und wieder umarmte der Puppenspieler den Königssohn zum Abschied, gab ihm seinen Segen und verschwand wie er gekommen war.

Der junge Mann verließ nun die Stadt in Richtung Norden. Nun musste er sich beeilen, wollte er das Nördliche Gebirge noch vor den Herbststürmen überqueren. Er ritt durch Wälder und überquerte weite Sumpfgebiete und erreichte eines Tages eine große Stadt am Rande des Nördlichen Gebirges. Sie lag am Fuße eines mächtigen Felsens, dessen fünf Zacken wie Finger einer Riesenhand in den Himmel stießen. Felsig grau, wie das Gebirge, türmten sich auch die Steinhäuser dieser Stadt bergwärts, beherrscht von einem riesigen Steinpalast. Menschen, grau wie die Häuser, eilten gruß- und blicklos an ihm vorüber. Bald fiel ihm auf, dass er nur Männern begegnete und fragte sich, ob es in dieser Stadt keine Frauen und Kinder gäbe. Bedrückend lastete die kalte Atmosphäre dieser Stadt auf ihm. Da der Königssohn aber hungrig und müde war, beschloss er trotzdem hier eine kurze Rast einzulegen, um so bald wie möglich wieder weiter zu ziehen. Er suchte nach einer Gaststätte und irrte durch die Straßen, die einander so ähnlich sahen, dass er bald nicht mehr wusste, wo er war. Endlich fand er eine kleine freudlose Gaststube. Lange saß er allein und unbeachtet da. Gerade als er beschloss wieder zu gehen, erschien plötzlich eine alte Frau. Sie war überraschend freundlich und sagte, vor sich hinnickend: „Ja, ja, es ist nicht einfach ein Fremder in dieser Stadt zu sein, karg ist ihr Atem und kalt ihre Steine." Dann blickte sie ihn ernst an und stellte fest: „Hungrig und müde!" Unvermittelt fragte sie ihn nach Namen und Geburtsort. Da sich der Königssohn nicht zu erkennen geben wollte, nannte er den Namen seines

Freundes und dessen Stadt. „Dann bist du bei mir gerade richtig", lächelte die Alte und erklärte dem erstaunten Königssohn die Gepflogenheiten dieser Stadt. Da Lebensmittel und Wasser knapp waren, bekam jeder Bürger eine bestimmte Ration zugeteilt. Für Fremde und Durchreisende gab es drei Lokale, die für diesen Zweck eigene Rationen zugeteilt bekämen. Sie mussten dem Stadtrat genauen Nachweis über die Zahl der Fremden und der verbrauchten Lebensmittel erbringen. Jeder Fremde hatte sich unverzüglich zum Stadthaus zu begeben, um sich dort eine Zuteilungskarte für Lebensmittel und Wasser zu besorgen. „Wo ist dieses Stadthaus, damit ich mir diese Karte besorgen kann", fragte der Königssohn die Alte. Diese lächelte ihn wieder freundlich an und sprach: „Das erkläre ich dir später. Erst sollst du dich stärken. Damit verschwand sie und kam nach kurzer Zeit mit einer einfachen Mahlzeit zurück. Sie schloss die Gaststube ab und setzte sich zu dem jungen Mann.

„Du hast Glück, dass meine Schwiegertochter krank ist, so bin ich für sie eingesprungen. Die Jungen haben nämlich Angst gegen die Gesetze zu verstoßen und halten sich stur an die Vorschriften. Ich aber bin alt, habe viel gesehen und erlebt. Gesetze und Vorschriften kommen und gehen, wie das Leben. Aber so zu denken ist schon verboten. Mit Gesetzen und Vorschriften wird versucht allen Ungewissheiten aus dem Weg zu gehen. Aus Angst vor dem Tod ist alles geregelt und amtlich festgelegt. Die jungen Frauen leben solange in der Frauenstadt, bis sie einen regelmäßigen Zyklus haben. Dann bekommen sie die Heiratserlaubnis und dürfen in die offene Stadt. Das ist jener Stadtteil, der von Heiratsfähigen bewohnt wird. Doch auch hier dürfen sie sich nur in den Begegnungsstätten frei bewegen. Auf offener Straße dürfen sie sich nicht zeigen. Hat sich ein Paar gefunden, so darf dieses in die Elternstadt ziehen und die Kinder bis zum siebten Lebensjahr bei sich behalten. Dann kommen die Kinder in die Kinderstadt und werden in die Vorschriften und Gesetze dieser Stadt eingeführt und auf ihre jeweilige Aufgabe im Gemeinschaftswesen vorbereitet. Ab dem vierzehnten Lebensjahr werden die Geschlechter getrennt. Die jungen Frauen kommen in die Frauenstadt und die jungen Männer in die offene Stadt. Ab 70 kommen die Alten in die Altenstadt. Dort warten sie auf den Tod und wenn er dann gekommen ist, werden sie schnell, fast heimlich tief in den Berg, in die Totenstadt gebracht. Auch ich lebe in der Altenstadt. Meine Schwiegertochter hat mich nur ungern geholt, man sieht hier die Alten nicht so gern, sie erinnern an den Tod!"

Wie betäubt von dem Gehörten und von Müdigkeit übermannt, bat der Königssohn die Alte um ein Nachtlager. Da führte sie ihn in eine kleine, karg eingerichtete Kammer und sprach: „Danke, dass du gekommen bist!" Als der Königssohn in ihre gütigen Augen sah, meinte er darin eine stumme Bitte zu lesen. Er legte sich sofort ins Bett, konnte aber nicht einschlafen. Unruhig wälzte er sich von einer Seite auf die andere und fiel dann endlich in einen unerquicklichen Schlaf. Wie zerschlagen erwachte er am nächsten Morgen, doch mit der Gewissheit im Herzen, dass er in dieser kalten Stadt noch einige Zeit bleiben müsste. Die Alte empfing ihn mit einer Wärme, die ihm wohl tat. Dann erklärte sie ihm den Weg zum Stadthaus und gab ihm noch gute Ratschläge mit auf den Weg. Dankbar erkannte der Königssohn, dass er ohne diese Ratschläge nicht so bald in den Besitz der notwendigen Zuteilungskarte gekommen wäre.

Schon bald erfuhr er, wie Recht die Alte in ihren Schilderungen hatte. Er durfte sich nicht frei in der Stadt bewegen. Zutritt zur Kinder- und zur Frauenstadt hatten nur Angehörige mit den entsprechenden Ausweisen. In die Altenstadt kam er, da ihm die Alte eine entsprechende Zutrittserlaubnis besorgt hatte. Die Fremden und Durchreisenden sollten sich nur in der offenen Stadt aufhalten. Hier gab es eine Menge von Begegnungsstätten, die die unterschiedlichsten Arten von Unterhaltung anboten. In einer konnte man Vorträge anhören. In einer anderen wurde nach einem bestimmten Ritual getanzt. In einer dritten wiederum konnte man Bücher lesen und darüber diskutieren. Es gab Gesangchöre und Spielgruppen, die sich in komplizierten Brettspielen übten. Der Königssohn suchte alle auf und war bald in jeder ein gern gesehener Gast. Überall, wo er hinkam, nahm er der Steifheit und

Gezwungenheit die Schärfe. Doch bewegte er sich vorsichtig und taktvoll im Rahmen des offiziellen Zeremoniells.

Als er langsam Einblick in die komplizierte Verwaltung der Stadt bekam, stellte er einen Antrag zur Durchführung einer Vortragsreihe, mit dem Titel: „Die verdienstvollen Ansichten des Herrn Machza". Lange musste der Königssohn warten, bis seinem Antrag stattgegeben wurde und er mit der Vortragsreihe beginnen konnte. Es war ein Wagnis, denn der Königssohn hatte nicht im Sinn sich an das zu halten, was er in dem Antrag angegeben hatte. Mit Hilfe der Puppe, dem Clown Machza, wollte er neue Ansichten und vor allem eine neue Lebendigkeit in die „offene Stadt" tragen.

Am Anfang waren die jungen Menschen verwirrt über die ungewohnte Art der Darbietung und noch mehr über den Inhalt der Reden des Clowns. Langsam aber öffneten sie sich für das Neue. Und schon bald erhielt er Hilfe von einer jungen, buckligen Frau, die es geschickt verstand, zur rechten Zeit die rechten Fragen an den Clown zu stellen. Aber es dauerte nicht lange, und der Königssohn wurde verhaftet und in eine kleine, kalte Zelle gesperrt.

Da er wusste, wie gefährlich sein Vorhaben war, hatte er von Anfang an die Alte in sein Vertrauen gezogen. Sie gab ihm immer wieder gute Ratschläge und brachte ihn auf neue Ideen und bei so einem Gespräch erfuhr er auch, dass die Bucklige ihre Enkelin war. Nun hoffte er, dass die beiden Mittel und Wege wussten, ihn aus dem Gefängnis zu befreien.

Die Tage vergingen und kein Mensch erschien. Er litt Hunger und Durst, denn niemand brachte ihm zu Essen und zu Trinken. Dem Königssohn war, als hätte man ihn vergessen. Verzweiflung überkam ihn und er weinte über sein Schicksal. Dann aber stieg eine Wut in ihm auf, wie er sie noch nie gekannt hatte. Er stieß gegen die Wände seiner Zelle, trommelte mit aller Kraft gegen die Tür, die ihn einschloss und schrie, bis er keine Stimme mehr hatte. Erschöpft ließ er sich dann auf sein Lager fallen und erschrak auf das heftigste, als plötzlich die junge, bucklige Frau auf seiner Pritsche saß. Lächelnd streckte sie ihm ihre Hände entgegen, die der Königssohn erstaunt ergriff. Eine seltsame Kraft zog nun durch seinen Körper und mit einem mal fühlte er sich froh und frei. Im selben Moment war er nicht mehr in der kleinen, kalten Zelle, sondern befand sich in der Kammer der Alten. Dann schwanden ihm die Sinne. Als der Königssohn aus seiner Ohnmacht erwachte, fühlte er sich wunderbar gestärkt und erfrischt. Er wollte sich bei den beiden Frauen für die Rettung bedanken und viele Fragen stellen, doch ließ ihn die Alte nicht zu Wort kommen und sprach: „Es liegt an uns, dankbar zu sein, denn du bist gekommen unsere Stadt zu erlösen, wie es in der geheimen Überlieferung geschrieben steht. Leider konnten wir dich nicht eher finden und so hast du für uns leiden müssen. Wir stehen hoch in deiner Schuld!"

„Aber wie kann ich die Stadt erlösen, jetzt, wo meine Pläne zunichte gemacht sind?" rief verzweifelt der Königssohn.

„Es gibt noch eine Möglichkeit", sagte die Alte ernst, „aber das Unternehmen ist schwierig und sehr gefährlich. Wenn es uns gelingt, aus Ernakubor, der Stadt der Verrückten, Tuka den Greis, Oran seinen Sohn, Irin seine Enkelin und den Urenkel Katu zu entführen und in unsere Stadt zu bringen, wird diese erlöst. Den zerstörenden und auflösenden Kräften dieser vier werden keine noch so starken Mauern, keine Gesetze und Verordnungen widerstehen können. Ein Chaos wird entstehen, doch aus diesem heraus wird die Stadt zu neuem Leben erwachen."

„Wo befindet sich diese Stadt", rief der Königssohn ungeduldig, „Ich werde sofort aufbrechen!"

„Es ist schwierig, diese Stadt zu finden", erklärte die Bucklige. „Noch schwieriger ist es, hineinzugelangen. Aber die größte Gefahr liegt darin, selbst verrückt zu werden, denn dann gibt es kein Zurück mehr aus dieser Stadt. Schon viele sind ausgezogen, Tuka, Oran, Irin und Katu zu entführen, aber keiner ist zurückgekehrt." Dann schaute sie den Königssohn an, als könnte sie in die Tiefen seiner Seele blicken und fragte eindringlich: „Bist du aus tiefstem Herzen bereit mit uns diese Stadt zu suchen?" Der Königssohn nickte. „Gut, wenn dein Herz bereit ist und keine Furcht zulässt, mag es uns gelingen! Also hör zu: Wir werden einen Kreis schließen und den Namen der Stadt singen. Wünsche dich mit der ganzen Intensität deiner Gedanken dorthin und wir werden ankommen. Stoße dich nicht an dem Schrecklichen, das uns dort begegnen wird und lasse dich von überirdisch Schönem nicht verführen, dann kann uns nichts geschehen!" Und sie holte den Clown Machza unter ihrer Jacke hervor und beide, die Junge und die Alte nahmen die Puppe bei der Hand und steckten dem Königssohn die andere hin. Dieser wunderte sich nicht mehr, das Geschenk des Puppenspielers in ihren Händen zu sehen und reichte jeder die seine.

Dann geschah, was die Bucklige gesagt hatte: Sie sangen den Namen Ernakubor und der Königssohn wünschte sich mit der ganzen Kraft seines Herzens dorthin. Wieder spürte er diese wunderbare Kraft und Schwerelosigkeit, wie vorhin in der Zelle und plötzlich befanden sie sich in einer bizarren Gegend. Aus seltsam geformtem Gestein wuchsen nie gesehene Pflanzen in den aufregendsten Farben und Formen. Sie verströmten einen betäubenden Duft, der dem Königssohn den Atem nahm. Schnell sah er die beiden Frauen an und diese lächelten ihm zu. Da beruhigten sich seine Sinne und nichts konnte ihn mehr schrecken. Auch nicht, als die Bucklige den Clown Machza auf den Boden warf und dieser zu wachsen anfing und in eine groteske Lebendigkeit verfiel. Glatt und glänzend türmte sich vor ihnen die Stadtmauer auf. Die Luft war erfüllt von schrillem Geschrei und schaurigem Gelächter, ergreifenden Melodien und eintönigem Singsang. In unendlicher Vielfalt und unterschiedlicher Intensität quoll der Lärm wie Wolken aus der Stadt.
In gummiartigen Bewegungen tanzte der Clown Machza nun auf die Glaswände der Stadtmauer zu, berührte sie nur leicht und die Glasmauer teilte sich lautlos zu einem Tor. Im Schatten des Clowns gelangten die drei nun ungehindert in die Stadt. Doch kaum waren sie drinnen, ging eine seltsame Veränderung mit ihnen vor. Die speziellen Merkmale des Einzelnen wuchsen ins Groteske. Der Buckel der jungen

Frau wurde immer größer und beherrschte bald ihre ganze Gestalt. Die Alte schrumpfte in sich zusammen und der Kopf pendelte wie lose an ihrem Hals. Der Königssohn merkte, wie seine Nase immer länger wurde und bald wie ein Riesenschnabel in seinem Gesicht stand. „Gut so", sagten die Augen der Buckligen, aber ihr Mund verformte sich zu einem hässlichen Gebilde. Die Alte nickte, dann nickte sie immerzu, als könne sie nicht mehr aufhören. Der Königssohn merkte, wie Angst in ihm hochstieg. Schnell blickte er die beiden Frauen an und sie schlossen einen Kreis. Sofort klärten sich wieder seine Gedanken und eine beruhigende Kraft durchströmte ihn.

Der Clown Machza führte sie mit seinen grotesken Bewegungen geradewegs auf eine schwabbelige Hütte zu, die pausenlos ihre Form veränderte. Vor der Hütte saß Tuka der Greis und wackelte mit dem Kopf, als müsste er ihm abfallen. Oran sein Sohn, saß neben ihm und hackte mit seiner Riesennase Löcher in die Luft und in alles, was sich ihm näherte. Irin seine Enkelin, saß in der Hütte und veränderte pausenlos ihre Form wie auch die Hütte ihre Form veränderte. Katu, Irins Sohn, spielte zu ihren Füßen. Wie ein Gummiband dehnte er sich und zog sich wieder zusammen und stieß dabei schnalzende und schmatzende Laute aus.

Machza folgte den Bewegungen Katus. Die Bucklige verformte sich fließend mit Irin, die Alte wackelte im gleichen Rhythmus mit dem Kopf, wie Tuka der Greis und der Königssohn hackte mit seiner Riesennase Löcher in die Luft, wie Oran, ständig auf der Hut, ihm nicht zu nahe zu kommen. In diesem ständigen Strom der Bewegungen schlingerten sie langsam auf die Stadtmauer zu. Wieder öffnete sich diese lautlos, als der Clown sie berührte. Vor der Stadtmauer von Ernakubor aber schlossen die drei schnell einen Kreis, Tuka, Oran, Irin und Katu fest in ihre Mitte nehmend. Und wieder spürte der Königssohn die ziehende Kraft und im nächsten Augenblick waren sie in der grauen Stadt angekommen. Vor Erschöpfung fielen die drei in einen tiefen Schlaf. Tuka aber irrte mit seinem wackelnden Kopf durch die

Straßen der Stadt und verwirrte alle, die ihm begegneten. Oran zog es ins Stadthaus und mit seiner Riesennase hackte er Löcher in alles was ihm begegnete und die Menschen flohen vor ihm. Irin veränderte mit ihren Formen ständig das Stadtbild, so dass die verwirrten Menschen bald vollständig die Orientierung verloren hatten. Nur Katu saß ruhig inmitten des Chaos und versuchte den Clown Machza, der wieder zur Puppe geschrumpft war, zum Tanzen zu bringen. Er zog an Armen und Beinen und gab schnalzende und schmatzende Laute von sich.

Als die drei erwachten erschraken sie, denn an ihren grotesken Gestalten hatte sich nichts verändert. Da fiel dem Königssohn ein, dass er während des Schlafes geträumt hatte, wie seine Mutter auf einen kleinen Lederbeutel zeigte und erinnerte sich, dass ihm die Mutter diesen Beutel zum Abschied um den Hals gehängt hatte. Er nahm ihn ab und öffnete ihn. In dem Beutel lagen drei Edelsteine, ein Diamant, ein Rubin und ein Smaragd. Da leuchteten die Augen der Alten auf und sie rief: „Du hast die Steine des Heilens, verteile sie an uns!" Der Königssohn betrachtete sie lange, dann gab er der Buckligen den Rubin, der Alten den Diamanten und für sich behielt er den Smaragd. Sofort verschwand der Buckel und vor dem Königssohn stand eine schöne junge Frau. Der Kopf der Alten hörte auf zu wackeln und sie erhielt wieder ihre normale Gestalt, ebenso der Königssohn. Und im selben Moment verschwanden Taku, der Greis, Oran sein Sohn und Irin, seine Enkelin. Nur Katu saß noch da und versuchte die Puppe zum Tanzen zu bringen. Da ging der Königssohn zu ihm hin und nahm ihm den Clown weg und sofort verschwand auch Katu auf geheimnisvolle Weise.

Nun erst sah sich der Königssohn um und erschrak beim Anblick der total zerstörten Stadt. So also hatten sich die Worte der Alten erfüllt. Die beiden Frauen aber nahmen ihn in ihre Mitte und sprachen: „Komm, es gibt viel zu tun!" Und sie halfen den Menschen beim Aufbau einer neuen Stadt und alle arbeiteten mit. Es gab keine Trennung mehr zwischen Männern und Frauen, zwischen Jungen und Alten, die Kinder blieben bei ihren Eltern und alle freuten sich.

Die Alte aber lehrte die Menschen, wie man die kostbare Erde zusammentrug und fruchtbare Gärten anlegte. Ihre Enkelin zeigte, wie man Wasser fand und Brunnen baute. Der Königssohn erzählte die Geschichten, die er von seiner Mutter wusste und der Clown Machza begleitete ihn überall hin.

Endlich aber wollte der Königssohn die Heimreise antreten. Er umarmte die Alte und dann ihre Enkelin, um sich zu verabschieden. Und als er die junge Frau in seinen Armen hielt, spürte er plötzlich, wie sehr er sie liebte und dass er ohne sie nicht nach Hause zurückkehren wollte. Doch als er sie um ihre Hand bat, wurde sie von einer unsichtbaren Kraft weggezogen. „Suche mich in Unkas Schloss", rief sie ihm noch zu, „es ist deine letzte Prüfung!" Dann verschwand sie vor seinen Augen. Wie benommen stand er da und wusste nicht wie ihm geschah. Verwirrt wandte er sich an die Alte und fragte: „Wo finde ich Unkas Schloss?" Doch diese schüttelte den Kopf und sprach: „Das weiß ich nicht. Nur deine Liebe kann dieses Schloss finden. Aber einen Rat darf ich dir geben: Denke an die Kraft deiner Gedanken, sie wird dich leiten wie damals nach Ernakubor! Nun geh mein Sohn!" Sie gab ihm ihren Segen und der Königssohn ritt davon.

Er ließ die Zügel hängen und achtete nicht auf den Weg, den das Pferd nahm. Tief in Gedanken versunken, immer das Bild seiner Liebsten vor Augen, mochte er weder essen noch schlafen. Nach drei Tagen kam er schließlich in einen großen Wald. Er war so müde, dass er auf der Stelle, wo er vom Pferd sank, sofort in einen tiefen Schlaf fiel. Als er aufwachte war es dunkle Nacht. Ringsum hörte er leise Seufzer und klagende Laute und spürte voller Schrecken, wie eine unsichtbare, unheimliche Kraft auf ihn zukam, ihn umkreiste und ihn zu erdrücken drohte. Da wusste er, dass er sich im Großen Humzul befand. In seiner Not rief der Königssohn nach seinem Freund, dem Puppenspieler, der sofort erschien. Da war der Zauber wie weggeblasen, die Nacht hellte auf und der anbrechende Morgen schickte ein schimmerndes Zwielicht in den Wald. Liebevoll umschlossen ihn die Arme des Puppenspielers und der Königssohn erzählte dem Freund, was er alles erlebt hatte. Dann fragte er ihn nach Unkas Schloss. Der Puppenspieler sah in lange und ernst an, dann sprach er: „Auch ich kann dir den Weg nicht weisen. Du musst ihn aus dir selbst herausfinden." Und mit diesen Worten verschwand er wieder.

Der Königssohn fühlte sich verlassen, wie noch nie in seinem Leben. Dann aber erinnerte er sich an die Worte der Alten und ihm fiel wieder ein, was die Bucklige damals, bevor sie nach Ernakubor kamen, gesagt hatte: „Wenn dein Herz bereit ist und keine Furcht zulässt, mag es uns gelingen! Also hör zu: Wir werden einen Kreis schließen und den Namen der Stadt singen. Wünsche dich mit der ganzen Intensität deiner Gedanken dorthin und wir werden ankommen."

„Einen Kreis", dachte er, „einen Kreis!" Plötzlich fiel sein Blick auf den Ring, den er von seiner Mutter erhalten hatte und einer Eingebung folgend drehte er daran und wünschte sich mit der ganzen Kraft seines Herzens an die Seite der jungen Frau und im selben Augenblick stand er vor Unkas Schloss. Unheimlich stand es da, von dichtem Efeu überwachsen. Hinter einer kleinen Fensterscheibe erkannte der Königssohn das geliebte Gesicht und begann an dem dichten Efeu emporzusteigen. Das Fenster wurde ihm aufgetan und liebende Arme umfingen ihn. Es kümmerte ihn nicht, als er sah, dass sie wieder ihre normale bucklige Gestalt hatte. Er hatte sie endlich gefunden und wollte sie als seine Braut heimführen. Da gab Unkas Schloss die Bucklige frei, denn nur dem Zauber der Liebe gelang es seine Türen zu öffnen.

Zuhause angekommen, stellte der Königssohn die Bucklige seiner Mutter als seine Braut vor. Und als auch die Herrscherin sie voller Freude umarmte, verschwand ihr Buckel für immer.

Und noch heute erzählt man sich, dass dies die prächtigste Hochzeit war, die je gefeiert wurde und keine Braut war lieblicher anzuschauen, als die Bucklige. Und nach dem Tode seiner Mutter regierten die beiden das Reich mit Umsicht und Liebe bis auch sie eines Tages dorthin gingen, wo die Ahnen schon auf sie warteten.

Metamorphose

Metamorphose

Wusste ich schon
um die Verwandlungskraft
der Liebe
als ich noch
raupengleich
unter deine Decke schlüpfte?

Die harte Grenze
meiner Angst
war nur die Puppenschale
deren schützende Hülle
ich jetzt verlassen habe.

In allen Farben leuchtend
entfaltet sich nun
die Pracht
meiner Flügel

Der Tränendiamant

Vor langer Zeit lebte ein mächtiger Herrscher der über ein großes Reich regierte, aber er war hart und grausam und bei seinem Volk nicht beliebt. Einsam lebte er in seinem Schloss und niemand leistete ihm freiwillig Gesellschaft. Diese Einsamkeit aber machte ihn noch härter und grausamer. Boten, die ihm schlechte Nachricht überbrachten, ließ er ins Gefängnis werfen, oder sogar töten, wenn er schlecht gelaunt und voll Zorn war. So kam es, dass sich mit der Zeit kein Bote mehr einfand und kein Untertan mehr seinen Fuß in des Herrschers Schloss setzte. Jeder machte einen großen Bogen darum und wenn es dem Herrscher einmal einfiel auszureiten, dann eilte ihm diese Nachricht in Windeseile voraus, alles versteckte sich und Tür und Tor wurde verriegelt.

So lebte der Herrscher einsam und von allen gemieden in seinem großen Schloss und brütete voll dumpfer Bitterkeit und Groll vor sich hin. Selbst seine Soldaten hatten ihn verlassen, so dass er keine Möglichkeit mehr hatte, seine Untertanen mit Gewalt in sein Schloss zu holen, damit sie ihm dienten und seine Befehle ausführten.

Als er wieder einmal so dasaß, öffnete sich plötzlich die große Tür zum Thronsaal. Der Herrscher sah verwundert auf, denn noch nie war jemand freiwillig zu ihm gekommen. Aber er konnte niemanden sehen. Endlich aber gewahrte er eine kleine Gestalt, die, mit Kettenhemd und Helm angetan, auf ihn zutrat und sich umständlich verneigte.

„Zu Euren Diensten, Majestät", sprach der Zwerg und verbeugte sich noch einmal. Der Herrscher wusste nicht, ob er lachen, oder in Zorn geraten sollte, ob dieser Unverschämtheit. Welchen Dienst konnte ihm dieser Wurm schon erweisen? Und da er in den vielen Jahren das Lachen längst verlernt hatte, geriet er in Zorn und fuhr den Zwerg an: „Du machst dich wohl lustig über mich! Da bist du aber an den falschen geraten!" Und mit einem kräftigen Fußtritt schleuderte er den Zwerg durch den Saal. Dieser aber kicherte bloß, klatschte in die Hände und vor dem erstaunten Herrscher stand ein reich gedeckter Tisch. Als er sich von seinem Erstaunen erholt hatte und zugreifen wollte, denn die herrlichen Speisen dufteten einladend, verschwand das Essen im selben Moment und der Herrscher griff in ein Becken voll glühender Kohlen. Fluchend sprang er auf und wollte sich auf den Zwerg stürzen. Doch dieser verschwand und tauchte kichernd woanders auf und als sich der Herrscher erneut auf ihn stürzen wollte, verschwand er abermals, um wieder woanders aufzutauchen. Da geriet der Herrscher in solche Raserei, dass er bei dem Versuch, den Zwerg endlich zu fassen, die ganze Einrichtung seines Schlosses zertrümmerte. Erschöpft sank er schließlich zu Boden. Da stand der Zwerg wieder vor ihm, verbeugte sich umständlich und sagte: „Zu Euren Diensten, Majestät!"

„Was willst du von mir", keuchte der Herrscher. „Dein lebendiges Herz", antwortete der Zwerg, „denn du brauchst es ja doch nicht. Und ich gebe dir dafür was immer du willst! Die Bediensteten zum Beispiel, die du brauchst und alle Schätze, die du haben willst!"

„So nimm es", stöhnte der Herrscher und fiel im selben Augenblick wie tot zu Boden. Als er wieder zu sich kam, eilten geschäftige Diener durch das Schloss und die Säle und Kammern waren gefüllt mit Silber und Gold. Dem Herrscher fehlte es nun an nichts mehr. Jeden Tag saß er vor einer reich gedeckten Tafel und wurde nicht müde, die Schätze zu betrachten, die er nun sein eigen nannte. Nur sein Volk ließ sich nach wie vor nicht blicken.

Eines Tages kam ein Reiter auf das Schloss zu. Er war ganz in Schwarz gekleidet und ritt auf einem Rappen. Als er in den Schlosshof kam, trat ihm der Herrscher neugierig entgegen. Er wollte wissen, welcher Mensch da freiwillig zu ihm kam. Aber wie erschrak er, als er in ein gesichtsloses Antlitz blickte! Eine schwarze Hand streckte sich nach ihm aus, hob ihn wie eine Feder aufs Pferd und in wildem

Galopp ging's zum Tor hinaus. Als sie durch eine düstere Öde ritten, stieß ihn der Gesichtslose vom Pferd und verschwand, ohne sich weiter um den Verletzten zu kümmern. Da lag er nun, von Schmerzen gepeinigt in dieser Öde und um ihn herum raunte, seufzte und klagte es. Mal anschwellend, mal leiser werdend, aber stetig und ständig und langsam hörte er auch einzelne Worte heraus: „Wir sind die Geköpften …, wir sind die Erschlagenen …, wir sind die Eingekerkerten. Die Geister der Ermordeten setzten ihm die ganze Nacht so zu, dass er glaubte, den Verstand zu verlieren. Als es schließlich hell wurde hörte das Geflüster auf und die Geister verschwanden. Wie gerne wäre er aufgestanden und diesem schrecklichen Ort entflohen! Aber seine Beine waren gebrochen und seine Rippen und Schultern schmerzten bei jedem Atemzug. Seiner ohnmächtigen Wut, die er anfangs noch empfunden hatte, wich schließlich einer seltsamen Leere und endlich ergab er sich in sein Schicksal und schlief ein.

Als er erwachte, wusste er nicht wo er sich befand. Denn er lag nicht mehr an jenem schrecklichen Ort, sondern am Rand eines kleinen Sees. Eine lichte Gestalt saß neben ihm und sah ihn liebevoll an.
„Wer bist du?" brachte der Herrscher mühsam hervor.
„Ich bin dein guter Geist, der dich nicht verlassen hat", antwortete das Lichtwesen.
„Trink jetzt von dem Wasser aus diesem See und du wirst geheilt sein an Leib und Seele!" Sagte es und war verschwunden. Unter großen Schmerzen schöpfte der Herrscher nun das Wasser mit seinen Händen aus dem See und trank. Plötzlich durchströmte ihn eine nie gekannte Kraft und Freude, die Schmerzen hörten auf und seine Brust wollte vor Glück fast zerspringen. Er fühlte sein Herz schlagen! Und dann fühlte er noch etwas: einen neuen Schmerz, einen, der aus seiner tiefsten Seele kam. Den Schmerz der Erkenntnis, wie böse und grausam er regiert hatte. Eine tiefe Beschämung bemächtigte sich seiner und eine unsagbare Trauer überkam ihn. Und plötzlich brachen Tränen aus seinem Inneren hervor. Wie eine Sturzflut brachen sie hervor und spülten sein Innerstes nach außen. Seine Hände, die vorher

mit dem Wasser des Sees gefüllt waren, füllten sich nun mit seinen Tränen. Und mit einem Mal spürte er etwas Hartes in seinen Händen und siehe da, seine Tränen hatten sich in einen strahlenden Diamanten verwandelt.

Da richtete sich der Herrscher auf und wusste, was zu tun war. Er baute am Ufer des Sees eine kleine Hütte, kleidete sich in eine einfache Kutte und nährte sich von dem, was die Natur ihm bot. Bald ging die Kunde durchs Land, dass an jenem See ein alter, wundertätiger Mann lebte, der die Leidenden heilen und die Verzweifelten trösten konnte.

Die Nebelfrau

Zu einer Zeit, die nicht die unsere war, in einem Land, das nicht das unsere ist, lebte ein Herrscher, respektiert und geachtet vom Volk. Eine Tochter hatte er, schön wie eine Maiblume. Doch eines Tages wurde sie von einer schweren Krankheit befallen und lag innerhalb kurzer Zeit nur noch blass und leblos in ihrem Bett. Der Herrscher ließ alle Ärzte seines Reiches, die Heilkundigen und sogar die Magier rufen, doch keiner wusste Rat, keiner konnte helfen.

Als er bereits alle Hoffnung aufgegeben hatte und abzusehen war, dass seine Tochter nur noch kurze Zeit zu leben hatte, erschien ein altes Weiblein im Palast und versprach dem Herrscher, die Tochter zu heilen, wenn er bereit wäre, sie ihm mitzugeben.

Der Herrscher hielt einen großen Rat ab und nach langer Beratung erklärte er sich damit einverstanden. Er ließ ein prachtvolles Gespann anschirren und trug seine

Tochter zu dem Wagen. Dort bettete er sie in seidene Kissen und ließ der Alten ausrichten, dass seine Tochter nun bereit sei.

Doch als das alte Weiblein das prächtige Gespann sah, sagte es mit gebieterischer Stimme: „Nichts da! Deine Tochter muss mir zu Fuß folgen, will sie geheilt werden!" und mit einer Handbewegung wischte sie alles Aufbegehren zur Seite. Da bereute der Herrscher seinen Entschluss und wollte seine Tochter wieder in ihr Bett zurücktragen. Diese aber richtete sich mühsam auf und sagte mit einem seltsamen Leuchten in den Augen: „Ich gehe, Vater, wenn es zu meinem Wohl ist. Ich werde es schon schaffen."

Da nickte die Alte anerkennend, gab der Kranken einen Becher und sagte: „Trink das, Enkelchen, es wird dich wieder auf die Beine bringen." Und so war es auch. Nach dem die Kranke getrunken hatte, konnte sie aufstehen und der Alten folgen und schweren Herzens ließ der Vater sie ziehen.

Mühsam nur kamen sie vorwärts, denn das Mädchen musste sich immer wieder ausruhen. Doch jedes Mal gab ihr das Weiblein von dem Trank, der ihr weiterhalf. Endlich kamen sie bei der Hütte der Alten an. Die Tochter des Herrschers ließ sich auf die Bank vor dem Haus sinken und war müde zum Sterben. Die Alte aber ging hinein und machte sich sofort am Herd zu schaffen. Als sich das Mädchen mit letzter Kraft ins Haus schleppte, war schon eine Suppe gekocht und ein Bett gerichtet. Am liebsten wäre sie sofort hineingekrochen, aber das Weiblein bestand darauf, dass sie noch die Suppe aß. Dann aber fiel sie sofort ins Bett und in einen langen, traumlosen Schlaf.

Am Morgen wartete die Alte schon mit einem Frühstück auf sie und nahm das Mädchen dann mit in den Garten. Sie zeigte ihm all die Gemüse und Kräuter und wie man die Beete sauber hielt. Die Prinzessin jätete nur ein kleines Eckchen vom Beet, aber der Rücken schmerzte sie, als hätte sie einen ganzen Acker gejätet.

Am nächsten Morgen, nach dem Frühstück, nahm die Alte sie mit in den Wald. Auch diesmal brauchte das Mädchen noch oft eine Rast, obwohl sie schon viel besser auf den Beinen war. Und wieder bekam sie von der Alten den Trank, der ihr so gut tat. Sie sammelten Reisig. Die Prinzessin trug nur ein kleines Bündel, aber es drückte sie auf den Schultern, als trüge sie eine Zentnerlast.

Am dritten Tag zeigte ihr die Alte wie man Holz klein hackt. Die Prinzessin hackte nur wenige Stücke, doch ihre Hände waren voll Blasen, als hätte sie einen ganzen Wald umgehackt.

Als das Mädchen an diesem Abend ihre Suppe gegessen hatte, sprach die Alte: „Hör mir jetzt gut zu, Enkelchen. Was dir heute Nacht auch begegnen mag, hab keine Angst, dann kann dir nichts geschehen. Was auch immer du hören und sehen magst, frag nicht, sondern tu, was zu tun ist und alles wird sich zum Guten wenden."

In der Nacht erwachte die Tochter des Herrschers von einem seltsamen Knirschen und Krachen. Sie lag in einem Himmelbett und trug ein seidenes Nachthemd. Da drang ein Jammern und Weinen an ihr Ohr und sie spürte, wie Angst in ihr hochstieg. Doch sie erinnerte sich an die Worte der Alten und ihr Vertrauen war so groß, dass sie aus dem Bett stieg um nachzusehen ob jemand ihre Hilfe brauchte. Sie ging dem Laut nach und stand schließlich vor einer eisernen Tür. Mit klopfendem Herzen öffnete sie die Tür und sah in einem fahlen Dämmerlicht eine junge Frau, die ihr zum verwechseln ähnlich sah, aber grau und durchscheinend war wie ein Nebelstreif. Vor ihr türmten sich Berge von Geschirr und immer wenn die Nebelfrau versuchte, einen Teller zu nehmen und in den Zuber mit dampfenden Wasser zu tauchen, zerbrach dieser und die Frau schrie vor Schmerz, als drängen die Scherben tief in ihr Fleisch. Da überlegte die Prinzessin nicht lange, schob die graue Frau einfach beiseite und begann das Geschirr zu spülen. Die Arbeit ging ihr mühelos von der Hand, als hätte sie ihr Lebtag lang nichts anderes getan. Nach kurzer Zeit war der ganze Berg Geschirr gespült, abgetrocknet und auf seinen Platz gestellt. Die Prinzessin ging wieder in ihr Bett und schlief vor Erschöpfung bis tief in den Morgen.

Nach dem Frühstück zeigte ihr die Alte, wie man Feuer macht und das Haus in Ordnung hält. Also machte das Mädchen Feuer, kehrte die Stube und schüttelte ihr Bett auf. Dann war sie so erschöpft, als hätte sie ein ganzes Schloss gekehrt und tausend Betten gerichtet.

Als sie abends ihre Suppe gegessen hatte sagte die Alte wieder zu ihr: „Was dir heute Nacht auch begegnen mag, hab keine Angst, dann kann dir nichts geschehen. Was auch immer du hören und sehen magst, frag nicht, sondern tu, was zu tun ist und alles wird sich zum Guten wenden."

Auch diese Nacht wurde die Tochter des Herrschers von dem seltsamen Knirschen geweckt. Sie lag in jenem Himmelbett und abermals drangen qualvolle Schreie an ihr Ohr. Im Vertrauen auf die Worte der Alten ging sie wieder den Schreien nach, um zu sehen, ob sie helfen konnte. Diesmal kamen die Schreie aus der Waschküche des Schlosses. Riesige Berge schmutziger Wäsche türmten sich auf und in der Mitte der Waschküche, vor einem Zuber mit dampfender Lauge, stand die Nebelfrau. Nicht mehr so hässlich, nicht mehr so durchscheinend wie in der Nacht zuvor. Aber jedes Mal, wenn die graue Frau nach einem Wäschestück griff, um es in die Lauge zu tauchen, zerriss es unter ihren Fingern und die Frau schrie, als würde sie selbst zerrissen. Die Prinzessin überlegte nicht lange, schob die Nebelfrau zur Seite und begann die Wäsche zu waschen. Die Arbeit ging ihr leicht von der Hand, als hätte sie ihr Lebtag lang nichts anderes getan. Nach kurzer Zeit hatte sie den ganzen Berg gewaschen und zum Trocknen aufgehängt. Dann ging sie wieder in ihr Bett und schlief vor Erschöpfung bis tief in den Morgen.

Sie erwachte wieder im Bett der Alten und an ihr nächtliches Abenteuer konnte sie sich nur dunkel erinnern, wie an einen fernen Traum. Und als sie abends die Suppe gegessen hatte, sagte ihr die Alte wieder die eindringlichen Worte, die sie aber kaum mehr hörte, so schnell sank sie in tiefen Schlaf.

Und wieder wurde sie mitten in der Nacht von dem Knirschen geweckt. Laute Schreie drangen in ihr fürstliches Schlafgemach und sie ging, um nachzusehen wer ihre Hilfe brauchte. Die Schreie kamen diesmal aus dem Keller. Weit hinab führten sie die modrigen Treppen. Dann aber stand sie in einem niedrigen, düsteren Gewölbe und vor ihr türmte sich ein riesiger Kohlenhaufen. Vor dem Kohlenberg stand eine graue, aber schöne Frau. Doch jedes Mal, wenn sie eine Schaufel voll Kohlen nahm, um sie in einen Sack zu füllen, zerbrach die Schaufel in ihrer Hand und die Frau schrie auf, als würde ihre Hand zerbrechen. Ohne Zögern schob die Prinzessin die graue Frau beiseite, nahm die Kohlenschaufel in die Hand und begann, die Säcke zu füllen. Es bereitete ihr keine Mühe und schon in kurzer Zeit waren alle Kohlen in Säcke abgefüllt. Die Prinzessin wusch sich den Kohlenstaub von Gesicht und Händen, zog das schwarze Nachthemd aus und legte sich ins Bett. Als sie am Morgen erwachte lag sie in dem Himmelbett, in dem sie immer nachts erwachte und mit einem mal erinnerte sie sich an die Abenteuer der letzten drei Nächte. Da ging auch schon die Tür auf und die Alte trat ein, gefolgt von einer schönen jungen Frau, die der Prinzessin aufs Haar glich.

„Nun hat sich alles zum Guten gewendet, dank deiner Hilfe", sagte froh die Alte und setzte sich an das Bett des Mädchens. „Doch bin ich dir jetzt eine Erklärung schuldig, liebes Kind. Also höre: dies ist deine Zwillingsschwester, von der niemand weis, dass es sie gibt. Ich war die Hebamme eurer Mutter, die bei eurer Geburt gestorben war. Da auch das zweite Mädchen aussah, als würde es bald sterben, habe ich es mitgenommen, in der Hoffnung, wenigstens sein Leben retten zu können. Euer Vater war so außer sich vor Schmerz über den Tod seiner Frau, dass ich ihm das zweite Kind verschwieg. Ich wusste ja nicht, ob es überleben würde und ich wollte ihm diesen zusätzlichen Schmerz ersparen. Also nahm ich das kleine Wurm mit mir, das kaum mehr atmete, aber meine ganze Kunst hat geholfen das Kind am Leben zu erhalten. Als es dann über dem Berg war, hätte ich es wohl seinem Vater zurückbringen müssen, aber es war mir so ans Herz gewachsen, als wäre es meine eigene Tochter. Ich konnte sie nicht mehr hergeben und so wuchs sie bei mir auf. Ich lehrte sie alles, was ich wusste und sie war eine gelehrige Schülerin. Allerdings hatte sie auch ihren eigenen Kopf und mochte nicht immer auf das hören, was ich sagte. Wie oft habe ich ihr erklärt, dass sie mit niemandem mitgehen soll, dass sie auch niemanden ins Haus lassen soll, wenn ich nicht da bin. Aber das weitere wird sie dir selbst erzählen!"

Die Alte rückte zur Seite und die Zwillingsschwester setzte sich nun an das Bett der Prinzessin und fuhr in der Erzählung fort:

„Ja, ich habe nicht gehört! Eines Tages kam ein Fremder auf einem schönen, weißen Pferd vorbei geritten. Er sah mich wohl im Garten arbeiten und grüßte mich. Ich hatte noch nie einen Mann gesehen und so war ich fasziniert von ihm. Er bat mich um einen Schluck Wasser und als ich ihm das Glas reichte hielt er mich an der Hand fest und fragte mich, ob ich nicht Lust hätte mit ihm einen kleinen Ausritt zu machen. Und ich hatte Lust! Aber es war kein kleiner Ausritt auf den er mich mitnahm, sondern er entführte mich auf sein Schloss. Er wollte, dass ich seine Frau würde, aber ich war so außer mir vor Wut, dass ich ihm nur ins Gesicht spuckte. Da sah er mich mit eiskaltem Hass an und sprach seine Verwünschung aus: „Wenn du dir zu gut bist, mich zu heiraten und auf mich spuckst, dann sei verflucht, die niedrigste Arbeit in meinem Schloss zu verrichten, aber schwer soll sie dir werden und leiden sollst du, bis dir dein Hochmut vergeht. Nachts sollst du die Arbeit tun und immer hässlicher werden, so lange, bis dir eine hohe Frau deine niedrigen Arbeiten abnimmt!" Dann sprach er einen Zauber über mich und verließ das Schloss. Wohin er geritten ist, habe ich nie erfahren, denn seine Diener, die zurückgeblieben waren, sprachen nicht mit mir. Dir habe ich es nun zu verdanken, dass der Zauber gebrochen ist und ich erlöst bin!"

Da meldete sich die Alte wieder zu Wort: „Als ich an jenem Tag nach Hause kam, fühlte ich sofort, dass etwas geschehen war. Die Haustür stand offen und mein Kind war nirgends zu sehen. So sehr ich auch nach ihr rief, sie blieb verschwunden. Da setzte ich mich hin, um in die tiefe Stille zu gehen und langsam formten sich in meinem Inneren die Bilder und ich sah, was meiner Tochter – denn das war sie für mich – gerade widerfuhr. Sie war in die Hände eines bösen Zauberers geraten und gegen seinen Fluch konnte ich nichts ausrichten. Zur selben Zeit wurdest du krank, da euer Schicksal innig miteinander verwoben ist. Langsam wurde mir klar, dass nur du ihr helfen kannst – und dass ich dir dabei etwas nachhelfen kann", fügte sie verschmitzt hinzu. „Nun lasst uns aber schnell aufbrechen, euer Vater wartet schon sehnsüchtig, er wird sich wundern, gleich zwei Töchter in seine Arme schließen zu können!"

Schnell sprang die Tochter des Herrschers aus dem Bett und schlüpfte in ihre Kleider. Diener brachten das Frühstück und nachdem sie gegessen hatten, fragte die Prinzessin: „Was, wenn der Zauberer wiederkommt?"

„Er wird kommen, " sagte die Alte ernst, „er wird spüren, dass etwas geschehen ist, aber er wird in seine eigene Falle geraten. Wenn wir fort sind, werde ich einen Bann über sein Schloss legen, gegen den er wiederum machtlos sein wird. Darum beeilt euch, damit wir schon weit fort sind, wenn er kommt."

Das ließen sich die beiden nicht zweimal sagen und als sie durch das Tor schlüpften, spuckte die Alte dreimal dagegen. Doch sie waren noch nicht weit gekommen, da sagte die Alte: „Schnell unter meinen Mantel, ich spüre, dass er kommt!" Und sie breitete den Mantel über die beiden, wie eine Glucke die Flügel über ihre Küken. Da spürte die Prinzessin einen kalten Hauch vorüberwehen und sie schauderte, ihrer Zwillingsschwester erging es ebenso. Dann sahen sie, wie der Zauberer vor dem Schloss plötzlich Gestalt annahm und durch das Tor ritt. Doch kaum war er drinnen, stürzte das ganze Schloss mit lautem Getöse in sich zusammen und begrub den Zauberer.

„Das ist seine Strafe für das Leid, das er dir angetan hat, mein Kind", sagte die Alte, zur Zwillingsschwester gewandt. Diese atmete erleichtert auf, nun war sie für immer vor ihm sicher. Noch einmal spuckte die Alte, diesmal auf den Boden und plötzlich stand ein herrliches Gespann vor den beiden Mädchen. Lächelnd forderte die Alte sie auf einzusteigen und schon bald hielten sie vor dem Palast ihres Vaters.

Als der Herrscher das prächtige Gespann sah, kam er, um nachzusehen, welch hoher Besuch ihn beehrte. Wie groß war seine Freude, als er seine Tochter erkannte. Voll Liebe schloss er sie in seine Arme und stutzte dann, als er noch ein Mädchen erblickte, das seiner Tochter zum verwechseln ähnlich sah. Und als die Alte ihn aufgeklärt hatte, kannte seine Freude keine Grenzen.

Bald hatte es sich überall herumgesprochen, dass der Herrscher nun zwei Töchter, so schön wie Maiblumen, in seinem Palast beherbergte. Von nah und fern kamen die Freier und es dauerte nicht lange, da hatte jede ihren Gemahl. Der Herrscher überließ nun der Jugend das Regieren und zog sich auf sein Altenteil zurück, dort sah man ihn oft im Gespräch mit einer alten Frau.

Der goldene Knauf

Es gab eine Zeit, in der die Menschen die Tiere noch achteten wie ihresgleichen. Deshalb geschah es immer wieder, dass ihnen in schwierigen Situationen von Tieren geholfen wurde. Viele Geschichten erzählte man sich darüber und die folgende Geschichte wurde über Generationen in unserer Familie erzählt.

Meine Urururgroßmutter war damals eine junge Frau. Sie war in dem Alter, in dem Mädchen normalerweise heiraten sollten. Aber sie wollte nicht heiraten. Sie hatte ihr eigenen Kopf. Schon als Kind hatte sie geschworen, erst dann zu heiraten, wenn sie den goldenen Knauf gefunden hätte – und wenn sie ein ganzes Leben danach suchen müsste.

Von ihrer Großmutter, die immer gerne Geschichten und Sagen erzählte, hatte sie nämlich gehört, dass weit oben im Norden, in einem unwegsamen Gebirge, ein seltsames Volk lebte, das bei Tag schlief und bei Nacht wachte. Es lebte so verborgen, dass es noch nie jemand zu Gesicht bekommen hatte. Aber ab und zu wurden kunstvoll hergestellte Gegenstände gefunden, die dem Finder Glück und Reichtum brachten. Die Großmutter erzählte auch von jenem sagenhaften goldenen Knauf, den das Volk verborgen hält und der die Eigenschaft besäße, aus jeder gewöhnlichen Tür ein Tor zu ihrer geheimen Welt zu machen, die ein normal Sterblicher weder finden, noch betreten konnte. Doch wer diesen Knauf fand, der konnte damit in jene Welt gelangen und dort erfüllt bekommen, was seiner tiefsten Seele geheimer Wunsch war.

Als meine Ururugroßmutter diese Geschichte gehört hatte, beschloss sie, diesen goldenen Knauf zu suchen, wenn sie groß geworden war. Und da sie ihren eigenen Kopf hatte, zog sie los, als sie das Alter erreicht hatte, in dem normalerweise die Mädchen heirateten.

Die Eltern weinten. Die Freundinnen versuchten, sie von ihrem Vorhaben abzubringen. Die Brüder erklärten sie schlichtweg für verrückt. Wenn sich ihre Schwester wegen so einem Ammenmärchen ins Unglück stürzen und ihr Leben aufs Spiel setzen wollte, so war das ihre Sache.

Meine Ururugroßmutter – sie hieß übrigens Katharina – wanderte also nach Norden. Lange wanderte sie. Manchmal nahm sie ein Fuhrwerk mit, ein kleines Stück oder auch ein großes. Immer fand sie zur rechten Zeit ein Essen, eine Herberge oder Arbeit. Denn zupacken konnte sie und keine Arbeit war ihr zu gering. Sie wollte ihren Spargroschen nicht schon vor der Zeit ausgeben. So kam sie eines Tages am Fuße des Gebirges an.

In einer kleinen Stadt versorgte sie sich mit allem, was man für lange Zeit fern jeder menschlichen Behausung brauchte und da dies eine ganze Menge war, kaufte sie sich noch einen Esel. Sie belud ihn mit all den Sachen und packte sich selbst noch ein Bündel auf den Rücken, dann suchte sie sich einen Weg ins Gebirge. Sie hatte gehofft, einen bergkundigen Mann zu finden, der ihr hätte sagen können, welcher

Weg sie am weitesten hineinführte. Doch da es in dieser kleinen Stadt keinen gab, ging Katharina auf gut Glück los.

Die steilen Berghänge waren dicht bewaldet und der Weg, dem sie folgte, führte durch den dichten Wald, mal steil bergauf, dann wieder bergab, aber höher und immer höher. Als die Nacht hereinbrach, befand sich Katharina immer noch im Wald. Sie bereitete sich unter den Bäumen ein Lager, lud den Esel ab und band ihn an einem Baum fest. Kurz vor Morgengrauen erwachte sie, weil sich der Esel zitternd und mit vor Angst geweiteten Augen, dicht an ihr Lager drängte, soweit es der Riemen zuließ. Katharina beruhigte den Esel und spähte dabei aufmerksam um sich. Etwas weiter entfernt, in einem Gebüsch, sah sie dann eine zottige Gestalt. Doch in dem Moment, in dem sie hinsah, drehte sich die Gestalt um und verschwand in der Dunkelheit des Waldes.

Es dauerte eine ganze Weile, bis Katharina den Esel beruhigt hatte und ihn dazu bewegen konnte, wieder weiterzugehen, denn inzwischen war es Morgen geworden. Als sie ein Stück gegangen war, hatte sie das Gefühl, verfolgt zu werden. Auch der Esel wurde wieder unruhig und ängstlich. Schließlich fiel er unversehens in Trab. Katharina rannte hinter ihm her, aber das Tier wurde in seiner Angst so schnell, dass sie schließlich erschöpft stehen bleiben musste. Sie rang nach Luft und weinte vor Zorn. Dass ihr so etwas auch passieren musste! Nun waren der ganze Proviant und die Ausrüstung dahin, denn sie wusste nicht, ob sie das verschreckte Tier jemals wieder finden und einfangen würde.

Da aber alles Weinen nichts half, setzte sie sich auf einen großen Stein und bedachte ihre Lage. Dann beschloss sie erst einmal dem Weg weiter zu folgen, in der Hoffnung, dass der Esel irgendwann stehen bleiben und auf sie warten würde. Sollte sie ihn innerhalb der nächsten drei Tage nicht finden, dann könnte sie immer noch umkehren und in der kleinen Stadt Arbeit suchen, um sich eine neue Ausrüstung zu verdienen, denn aufgeben kam ihr nicht in den Sinn, dazu hatte sie ihren eigen Kopf.

Gerade als sie aufstehen wollte, um ihren Weg fortzusetzen, sah sie im Gebüsch wieder jene zottige Gestalt, die sie an ihrem Lagerplatz gesehen hatte. Dieses Zottelwesen war ihr also gefolgt und Schuld an ihrem ganzen Unglück! Vor Zorn vergaß sie, dass sie vielleicht hätte Angst haben sollen und ging auf das Tier zu. Dabei überlegte sie, was das Tier, oder was immer es sein mochte, von ihr wollte, denn wenn es sie hätte töten und fressen wollen, hätte es schon längst Gelegenheit dazu gehabt. Katharina wollte es jetzt genau wissen! Vorsichtig und langsam ging sie immer näher zu ihm hin und sah schließlich, dass es ein halbwüchsiger Bär war. Seine rechte Vordertatze war wohl verletzt, denn er vermied es darauf zu treten, oder sie überhaupt zu bewegen. Immer wieder äugte er zu ihr hin, schnüffelte und horchte auf ihr beruhigendes Zureden. Denn das tat sie nun. Immer wieder blieb sie stehen und sprach mit ihrer sanftesten Stimme auf den Bären ein, der sie wirklich immer näher kommen ließ. Als sie nahe genug herangekommen war, sah sie, dass seine Tatze blutete und ein langer grober Splitter darin steckte. „Du willst wohl, dass ich ihn dir heraushole?" fragte sie und überlegte, wie sie das wohl anstellen sollte. Sie hatte keine Ahnung von solchen Dingen. Zuhause hatte sich die Großmutter um alle großen und kleinen Verletzungen gekümmert. Sie selbst war noch nie in so eine Lage gekommen. Aber offensichtlich hatte das Tier sie verfolgt, in der Hoffnung, von ihr Hilfe zu bekommen, warum sonst?

„Ob auch eine Bärenmutter hier herumstreunt?" dachte sie besorgt, schob aber diesen Gedanken sofort wieder beiseite. Das Tier brauchte ihre Hilfe und die wollte sie ihm geben. Der halbwüchsige Bär war inzwischen zu ihr hingekommen, als wüsste er, dass die Menschenfrau ihm helfen wollte. Er ließ sich die Tatze besehen und hielt ganz still, als sie entschlossen den Splitter an dem herausragenden Ende packte und mit einem Ruck herauszog. Der Bär stöhnte auf und Katharina befürchtete schon, dass er sich auf sie stürzen würde, aber der Bär leckte nur mit Hingabe seine Tatze, erhob sich schließlich und trabte brummend in den Wald zurück, ohne sich nur einmal nach ihr umzudrehen.

Katharina blickte ihm noch eine Weile nach und wunderte sich selbst über ihren Mut Dann aber machte sie sich wieder auf den Weg. Zuversichtlich schritt sie aus und machte sich keine Sorgen, was sie essen und wie sie die Nacht verbringen sollte.

Als es Abend wurde roch sie plötzlich Rauch. Und wo Rauch ist, da ist Feuer und wo Feuer ist, sind Menschen, dachte sie und die Aussicht, die Nacht in einer Hütte zu verbringen, stimmte sie froh.

Nicht lange, da sah sie neben dem Weg, auf einer kleinen Lichtung eine Holzhütte stehen. Sie ging darauf zu und klopfte an. Da hörte sie eine brummige Männerstimme und da sie es für eine Aufforderung hielt einzutreten, öffnete sie die Tür. In einer kleinen Stube, an einem Holztisch, saß ein grobschlächtiger Mann und aß gerade. Katharina konnte erst gar nicht glauben, was sie sah, aber der Mann aß von ihrem Proviant und ihre ganzen Sachen lagen durcheinander gewühlt in einer Ecke des kleinen, auch sonst sehr unordentlichen Raumes. Sie wusste nicht, ob sie wütend oder froh sein sollte. Der Mann schaute sie unwirsch an und fragte, was sie denn da zu suchen hätte. Katharina antwortete: „Mein Esel ist mir durchgegangen, aber wie ich sehe, habt Ihr ihn eingefangen. Denn diese ganzen Sachen gehören mir, sie waren auf den Esel gepackt."

„So, so", brummte der Mann, „die Sachen gehören also dir und das dämliche Vieh auch." Er schaute sie lauernd an, dann stand er schwerfällig auf und trat wortlos an ihr vorbei ins Freie. Aufmerksam sah er sich um und als er sonst niemanden sah, kam er zurück, drückte Katharina unsanft in die Stube und schloss die Tür. Boshaft grinsend drehte er den Schlüssel um und steckte ihn in die Tasche. Da begriff Katharina, dass sie dem Mann ausgeliefert war.

„So, so", sagte er nochmals, diesmal hämisch, „die Sachen gehören also dir. Jetzt gehören sie aber mir, mein Schätzchen – und du auch. Ich habe schon lange auf eine Frau gewartet." Er trat auf sie zu und drückte sie grob an sich. Katharina wehrte sich verzweifelt, aber der Mann war gut zwei Kopf größer als sie und besaß Bärenkräfte. Er lachte nur und zwang sie, seine Frau zu werden.

Nun hatte Katharina keine frohe Stunde mehr. Bei der ersten Gelegenheit versuchte sie zu fliehen, doch der Mann holte sie ein und schlug sie halbtot, und halbtot war schlimmer als ganz tot. Es dauerte lange, bis Katharina wieder auf die Füße kam.
So gingen der Sommer und auch der Herbst vorbei. Wenn der Mann aus dem Haus ging, schloss er Katharina in eine kleine, licht- und fensterlose Kammer ein. Er verschloss auch noch das Haus und es wurde oft spät, bis er wieder zurückkam. Manchmal wusste sie selbst nicht, wie sie diese Zeit überstand, aber ihr Wille war zäh und ihr Hass wuchs und der Hass machte sie stark. Sie ließ sich aber nichts anmerken. „Meine Zeit wird kommen", dachte sie im Stillen. So ging auch der Winter vorbei. Als der Schnee schmolz, wurde das Essen knapp. Da ging der Mann eines Morgens mit einem Messer hinaus und Katharina hörte den Esel aufschreien. Der Mann hatte ihn geschlachtet und Katharina musste – blind vor Wut und Tränen – sein Fleisch zubereiten. Das Tier war in der schweren Zeit ihr einziger Freund und Trost gewesen, auch wenn sie es kaum zu Gesicht bekommen hatte. Sie konnte sein Fleisch nicht essen. Der Mann lachte nur darüber und aß auch ihren Teil auf. Aber nichts dauert auf dieser Welt – auch nicht die schlechten Zeiten!

Der Frühling trieb überall aus und die Strahlen der Sonne wärmten schon. Da setzte sich Katharina einmal auf die Bank vor dem Haus in die Sonne. Schon polterte der Mann heraus und herrschte sie an: „Schau dass du ins Haus kommst und an die Arbeit gehst, du faules Ding – einfach so in der Sonne liegen, das könnte dir so passen!" Er zerrte sie hoch und wollte auf sie einschlagen. Da erklang ein gefährliches Brummen und Knurren, so dass der Mann vor Schreck wie gelähmt dastand. Ein großer Bär stürzte auf ihn zu und tötete ihn mit einem einzigen Prankenhieb. Entsetzt sah Katharina zu und erwartete für sich das gleiche

Schicksal. Doch der Bär ließ sich vor ihr auf alle Viere nieder, beschnupperte sie aufmerksam und leckte ihr dann die Hände. Da wusste sie plötzlich, dass dies der Bär war, dem sie den Splitter aus der Tatze gezogen hatte. Sie kraulte ihn vorsichtig am Kopf und das Tier ließ es sich gefallen. Es brummelte leise, als würde es ihr sagen: „So, jetzt sind wir quitt", drehte es sich um und trabte wieder in den Wald zurück.

Es dauerte eine ganze Weile, bis Katharina begriffen hatte, was geschehen war. Vor ihr lag der Mann und rührte sich nicht mehr. Katharina grauste es plötzlich und sie rannte ins Haus, packte sich eilends ein Bündel zusammen und floh. Als sie aber ein Stück gerannt war, kam ihr in den Sinn, dass sie den Toten nicht einfach so liegen lassen konnte. Und wenn er noch so schlecht zu ihr gewesen war, er war ein Mensch und sollte menschlich begraben werden. Es fiel ihr nicht leicht, aber sie kehrte wieder um. Dann suchte sie Bretter zusammen und nagelte einen notdürftigen Sarg zurecht. Sie arbeitete hinter der Hütte, um den Erschlagenen nicht sehen zu müssen. Dort begann sie auch eine Grube auszuheben. Es war eine harte und schwere Arbeit, denn der Boden war nass und mit vielen Steinen durchsetzt. Katharina hackte und schaufelte den ganzen Tag, aber bis zum Abend hatte sie erst die Hälfte der Tiefe gegraben, die sie brauchte, um den Sarg zu versenken.
Am nächsten Tag begann sie weiter an dem Grab zu schaufeln. Als sie eine Weile wieder so gehackt und gegraben hatte, stieß sie plötzlich auf etwas Hartes, das kein Stein war. Erstaunt legte sie ein hölzernes Kästchen frei, das kunstvoll mit Gold, Silber und Kupfer beschlagen war. Das Holz war schon etwas morsch, so dass sich der Deckel leicht öffnen ließ, weil das Schloss einfach heraus brach. Katharina traute ihren Augen nicht und schrie vor Freude laut auf: da lag – eingebettet in allerlei wertvollen Zierrat – groß und glänzend ein goldener Knauf! Sie konnte es nicht fassen! „Ob dies der goldene Knauf ist, für den ich ausgezogen bin, ihn zu suchen, selbst wenn es mein ganze Leben dauern sollte?" fragte sie sich und hätte

es am liebsten gleich ausprobiert. Aber erst musste sie den Leichnam bestatten. So grub sie weiter, beflügelt von ihrer Freude und endlich war die Grube tief genug. Sie keuchte und schwitzte, zog und zerrte und endlich hatte sie den Sarg drinnen. Dann warf sie Erde darauf und machte noch ein einfaches Holzkreuz. Es war inzwischen Abend geworden. Katharina betete kurz für die Seele des Mannes, dann wusch sie sich an einem nahen Bach, als müsste sie sich die ganzen letzten Monate vom Leib waschen und ging ins Haus. Sie zog sich ein frisches Kleid an und holte das Kästchen herbei. Mit klopfendem Herzen nahm sie den goldenen Knauf heraus und tauschte ihn gegen den alten an der Tür der Hütte aus.

Und was dann geschah, hat unsere Urururgroßmutter nie verraten!
Wenn sie an diesen Teil ihrer Geschichte kam, lächelte sie nur geheimnisvoll und sagte, dass sie tatsächlich in jene geheime Welt gelangt sei und dort das Glück ihres Lebens gefunden hätte.

Jedenfalls kam sie nach sieben Jahren wieder in ihr Heimatdorf zurück. Sie hatte ihren Gatten mitgebracht. Ein stiller, lieber Mensch, der, wenn man ihn nach dem Geheimnis seiner Frau befragte, nur leise lächelte. Aber das Glück verließ die beiden nicht und ihren Reichtum teilten sie mit den Ihren. Sie bekamen viele Kinder, Enkel- und Urenkelkinder. Ihre Geschichte aber ging von Mund zu Mund und von Generation zu Generation. Und heute habe ich sie euch erzählt. Und wer weiß, vielleicht findet ja mal einer von euch den goldenen Knauf und kommt dann in jene geheimnisvolle Welt, um das zu finden, was immer er sich aus tiefster Seele wünscht.

Durchgekommen!

Und wieder habe ich mich
– aus mir selbst heraus –
entbunden
und gebe mich
aus alten Räumen frei
Ich presse mich
durch schmerzerfüllte Stunden,
entlasse mich der Enge
die ich überwunden
– entwachsen einem Zustand
der vorbei!

Die neuen Räume
kann ich noch nicht fassen.
Ich fühle mich erschöpft
und hilflos – klein!
Und doch bereit,
mich darauf einzulassen,
mit einer Ahnung
einer fernen blassen:
ich wachse erst hinein!

Einweihung

Der Flötenspieler

In einem andern Land, zu einer andern Zeit lebte ein König. Er hatte einen kleinen Sohn, den er über alles liebte. Die Mutter des Knaben aber war bei dessen Geburt gestorben und der König fand in diesem Kind seinen einzigen Trost.

Eines Tages wurde er schwer krank und da er sein Ende herannahen fühlte, berief er alle Fürsten und Würdenträger seines Reiches zu sich und beratschlagte mit ihnen, wer die Regierungsgeschäfte übernehmen sollte, bis sein Sohn alt genug war, den Thron zu besteigen. Schließlich einigten sie sich darauf, dass der Feldmarschall, der in vielen Schlachten große Verdienste erworben hatte, dieses Amt übernehmen sollte. Bald darauf starb der König und der Feldmarschall regierte das Reich. Doch die große Macht des Amtes verdarb seinen Charakter.

Eines Tages verschwand der kleine Königssohn auf unerklärliche Weise. Der Feldmarschall schickte zwar Boten durch das ganze Reich um ihn zu suchen, doch umsonst. Und als nach einiger Zeit der Knabe noch immer nicht gefunden war, ließ er sich zum König krönen. Im Volk aber wurden Stimmen laut, die ihn beschuldigten, das Kind getötet zu haben. Erbarmungslos und grausam ließ der Feldmarschall alle hinrichten, die ihn dieser Tat bezichtigten. Bald wagte es keiner mehr und das Volk litt stumm unter seiner Gewaltherrschaft.

Zur gleichen Zeit lebte in der Königsstadt ein armer Schuster mit seiner Frau und seinen drei Töchtern. Schön waren sie, eine wie die andere, doch am schönsten war die Jüngste. Der Schuster und seine Frau waren herzensgut und manch armer Kerl bekam sein Paar Schuhe umsonst. Auch zum täglichen Essen gab es immer ein paar Hungrige mehr, die gesättigt an Leib und Seele den gastfreundlichen Tisch der beiden verließen. „Wo fünf satt werden, reicht es auch für sieben", war das Motto der Schustersfrau.

Alljährlich im Frühling wurde in der Königsstadt das Blütenfest gefeiert. Von nah und fern strömte das Volk herbei und es ging drei Tage lang hoch her. Da hatte der Schuster dann alle Hände voll zu tun, denn von dem vielen Tanzen ging gar mancher Schuh kaputt. Zu diesem Fest geschah es nun, dass sich die drei Töchter des Schusters, die zu schönen Jungfrauen herangewachsen waren, vor Freiern nicht mehr retten konnten. Die Älteste versprach sich einem reichen Kaufmann, der Mittleren gefiel der Sohn der Wirtsleute, der nur noch mit ihr tanzen wollte. Die Jüngste aber floh vor den Freiern und versteckte sich in ihrer Kammer. Ihr Herz gehörte dem Flötenspieler, der alljährlich zu dem Blütenfest in die Königsstadt kam und mit seiner Musik Alt und Jung verzauberte. Doch sie wagte es nicht sich ihm zu eröffnen.

Als das Fest dem Ende zuging, hatte die Jüngste einen Traum:
Sie befand sich in einer kargen, steinigen Hochebene. Vor ihr breitete sich ein schimmernder Bergsee aus. Plötzlich stand ein steinalter Mann vor ihr, mit eisgrauem Haar und langem eisgrauem Bart, aber Augen, so klar wie der Bergsee. Er sprach: „Fürchte dich nicht mein Kind! Der Flötenspieler, den du liebst, ist der rechtmäßige Erbe des Thrones, aber er hat es vergessen. Nun ist er alt genug, seine rechtmäßige Herrschaft anzutreten, aber nur ein liebendes Herz vermag den Bann des Vergessens zu lösen!" Mit diesen Worten verschwand der Alte und das Mädchen erwachte.
In jener Zeit hielt man noch etwas auf seine Träume und so stand die Jüngste auf, zog sich an und eilte zum Marktbrunnen, denn dort war der Lieblingsplatz des Flötenspielers. Doch er war nicht da! Sie suchte von Morgens bis Abends in der ganzen Stadt, konnte ihn aber nicht finden. Müde und niedergeschlagen ging sie nach Hause. Des Nachts fand sie keinen Schlaf und wälzte sich unruhig hin und her. Schließlich stand sie auf, zog sich an und verließ heimlich das Haus. Sie wollte den Weg zu dem Bergsee finden und den Alten fragen, was zu tun sei. Und da sie nicht wusste, welche Richtung sie einschlagen sollte, ging sie aufs Geratewohl los.

Lange ging sie. Durch Wälder und über Flüsse. An einsamen Gehöften und saftigen Weiden vorbei. Ab und zu verdingte sie sich an so einem Hof als Magd, um sich ihr Brot zu verdienen. Doch nach und nach sank ihr der Mut. Sie war schon so lange unterwegs und hatte den Bergsee immer noch nicht gefunden. Dann brach der Winter herein. Die Schusterstochter setzte sich frierend in den Schnee und weinte voller Verzweiflung. Schließlich schlief sie erschöpft ein und der Schnee deckte sie zu.

Als sie erwachte, wusste sie nicht, wo sie war. Dunkel konnte sie sich erinnern, dass sie im Schnee saß und weinte. Doch nun lag sie in einem weichen, warmen Bett und neben ihr saß ein altes Weiblein mit schlohweißem Haar und tausend Runzeln im Gesicht. Sie strich ihr liebevoll über die Wangen und sprach:

„Da habe ich dich ja noch rechtzeitig gefunden! Dein Leben verdankst du meiner guten Uhle, sie hat mir den Weg zu dir gezeigt", und sie deutete auf eine Eule, die auf einer Stange über dem Herd saß. „Ja, ja, die Gute, sie findet jede verlorene Seele und ruft mich dann. Aber sag Kind, welcher Schmerz trieb dich, im Schnee deinen Tod zu suchen?"

Da erzählte ihr die Schusterstochter von dem Traum und von ihrer langen erfolglosen Suche nach dem Bergsee und dem Alten. Und zuletzt fragte sie die Greisin, ob sie nicht den Weg zu diesem See wüsste. Da nickte die Alte: „Ja, ja, den alten Mann kenne ich wohl und auch den See, weit oben im Gebirge liegt er. Aber der Weg ist jetzt zugeschneit. Bleibe bei mir, bis der Schnee geschmolzen ist, vorher kannst du nichts ausrichten."

Und so blieb die Schusterstochter den ganzen Winter bei der Alten. Geschickt half sie ihr beim Spinnen und Weben und unter der Anleitung der Alten wurde ihre Arbeit immer feiner und meisterhafter. Und so verging der Winter im Nu. Als es Zeit war aufzubrechen, gab die alte Frau der Jungen ihren Segen und drei Geschenke mit auf den Weg. Einen kleinen Kupferkessel, eine silberne Spindel und ein goldenes Webschiffchen. „Verwahre sie wohl", sprach die Alte, „sie werden dir eine große Hilfe sein". Dann zeigte sie ihr noch den Weg, den sie nehmen musste.

Lange wanderte nun die Schusterstochter den Bergen entgegen und der Weg schien kein Ende zu nehmen. Und wie weit sie auch ging, das Gebirge am Horizont wollte und wollte nicht näher kommen. Einmal, als sie schon den ganzen Tag gewandert war und müde nach einer Bleibe Ausschau hielt, sah sie in der Ferne ein Licht schimmern. Sie ging darauf zu und fand tatsächlich ein kleines windschiefes Häuschen und da die Tür einladend offen stand trat sie ein, um nach einer Herberge zu fragen. Plötzlich schlug die Tür mit lautem Krach zu. Erschrocken wandte sie sich um und sah einen Zwerg, nicht größer als zwei Ellen lang. „Ha! endlich wieder einmal ein frisches, blühendes Menschlein!" kreischte er, „He! was stehst du da und hältst Maulaffen feil! Marsch in die Küche und ein Essen gekocht, kochst du mir nichts, so koch ich dich!"

Und er stieß sie in einen winzigen Raum, der schwarz vor Ruß war. In der Mitte des Raumes befand sich eine kleine Feuerstelle, aber es gab nichts worin sie hätte kochen und nichts was sie hätte kochen können. Ratlos stand sie da, dann aber säuberte sie die Feuerstelle und da unter der Asche noch ein wenig Glut war, hatte sie im Nu ein Feuer entfacht. Plötzlich sprang der kleine Kupferkessel, den sie von der Alten erhalten und in ihrer Tasche verwahrt hatte, hervor und begann über dem Feuer zu tanzen und sich dabei mit einer köstlichen Suppe zu füllen. Von dem Duft angelockt kam der Zwerg herbei und musste von der Suppe kosten. Dann aber aß er bis er nicht mehr konnte. Und da der Kessel nicht leer wurde, konnte sich auch das Mädchen noch sattessen. Da wurde der griesgrämige Zwerg freundlich und richtete ihr ein Bett zum schlafen und sprach: „Du hast mir zu essen gegeben und zum ersten Mal bin ich wirklich satt geworden. Lass mir das Kesselchen da und nimm dafür diesen goldenen Ring, er kann dir weiterhelfen. Wenn du ihn am Finger drehst, bringt er dich überall hin, wo immer du hin willst." Und er wünschte ihr noch eine gute Nacht und verschwand.

Als die Schusterstochter am nächsten Morgen erwachte, wollte sie gleich das Geschenk des Zwerges ausprobieren. Sie drehte am Ring und wünschte sich an den

Bergsee, den sie im Traum gesehen hatte. Mit einem Mal drehte sich alles um sie herum, so dass ihr ganz schwindlig wurde und als sie die Augen wieder öffnete, befand sie sich am Ufer des Sees. Ein uralter Greis kam auf sie zu und sie erkannte in ihm den Alten aus ihrem Traum. Er hatte eisgraues Haar und einen langen eisgrauen Bart. Seine Augen waren so klar wie der Bergsee und er sprach: „Da bist du ja endlich, mein Kind! Lange habe ich auf dich gewartet. Aber nun komm in meine Hütte, ruhe dich aus und stärke dich, dann will ich dir sagen, was du zu wissen begehrst." Mit diesen Worten nahm er sie bei der Hand und führte sie zu einer bescheidenen Hütte. Dort hieß er sie an einem einfachen Tisch Platz nehmen, brachte ihr einen Becher Milch und ein Stück Brot und sprach dann:

„Wie ich dir bereits gesagt hatte – damals im Traum – ist der Flötenspieler der rechtmäßige Erbe des Thrones. Der Feldmarschall wollte das Kind töten lassen, aber der Jäger, der das Kind töten sollte, hatte Erbarmen mit ihm und brachte es zu einer heil- und zauberkundigen Waldfrau. Diese hat den Knaben bei sich aufgenommen und großgezogen. Damit ihm aber nicht Gefahr drohe, sich zu verraten, hatte sie ihm einen Vergessenstrank bereitet. Leider ist die Waldfrau inzwischen gestorben und keiner kennt das Mittel, das ihm die Erinnerung zurückgeben könnte. Ohne diese Erinnerung aber kann er sein rechtmäßiges Erbe nicht antreten. Nur die Liebe einer Frau kann ihm helfen."

„Aber wo finde ich den Flötenspieler und wie kann ich ihm helfen, sich seiner Herkunft zu erinnern?"

„Seit die Waldfrau tot ist, zieht er mit seiner Flöte, die er von ihr bekommen hatte, durch die Welt. Heute hier, morgen dort. Vom Frühling bis zu Herbst. Nur den Winter über ist er an einem festen Ort, auf der lieblichen Vogelinsel, weit draußen im Meer. Aber die Königin der Feen dort hat ein Auge auf ihn geworfen und will ihn in ihren Bann ziehen und wer weiß, ob er ihr nicht schon verfallen ist. Du wirst ihr und ihrem Zauber widerstehen müssen wenn du dem Flötenspieler helfen willst, ihrem Bannkreis zu entkommen. Was du dann tun musst, damit seine Erinnerung zurückkehrt, weiß auch ich nicht, aber sei guten Mutes, zur rechten Zeit, am rechten Ort wird es sich dir zeigen! Nun geh! und vollbringe, was zu tun dir bestimmt ist!" Und der Alte gab ihr seinen Segen, sowie ein Krüglein Milch und ein Stück Brot als Wegzehrung mit.

Wieder drehte die Jüngste an dem Ring und wünschte sich auf die Vogelinsel. Es war der schönste Ort, den sie jemals erblickt hatte. Die Luft war mild und von tausendstimmigem Vogelgezwitscher erfüllt. In einem goldenen Sonnenlicht leuchteten fremdartige Blumen in herrlichen Farben und verströmten einen bezaubernden Duft. Uralte mächtige Bäume säumten die Wege und boten Schatten und Früchte dar und klare, silbern schimmernde Bäche eilten dem Meer entgegen. Sie fühlte sich wie im Paradies und ging, um sich die Insel näher anzusehen.
Lange ging sie und die Insel erschien ihr endlos. Ab und zu aß sie von dem Brot des Alten und trank von der Milch und beides wurde nicht weniger. Als die Dämmerung anbrach spürte sie plötzlich, dass der Boden unter ihren Füßen nass und immer weicher wurde und merkte dann voller Entsetzen, dass sie in einen Sumpf geraten war. Mühsam suchte sie feste Stellen auf dem trügerischen Boden und einen Platz, an dem sie einigermaßen trocken und geschützt die Nacht verbringen konnte. Schließlich fand sie eine verkrüppelte Birke, kletterte ins Geäst und erwartete mit Bangen die Nacht. Die Stechmücken quälten sie und ein fauliger Dampf nahm ihr fast den Atem. Dicke Nebelschwaden krochen nun über den Sumpf und überall begannen kleine blaue Lichter gespenstisch aufzuflammen. Um Mitternacht wurde es plötzlich hell ringsum, wie von tausend und aber tausend Kerzen. Vor den erstaunten Augen der Schusterstochter erhob sich ein Schloss aus dem Sumpf, so herrlich, wie sie noch nie eines gesehen hatte. Das große, prächtige Schlosstor öffnete sich, es erklang eine überirdisch schöne Musik und heraus tanzte ein Reigen wunderschöner Jungfrauen, durchsichtig strahlend, mit leuchtenden Blüten im langen, schwarzen Haar. Der Schusterstochter wurde ganz seltsam zumute und eine unbeschreibliche Sehnsucht stieg in ihr auf. Wie im Traum kletterte sie vom Baum herab und ging auf die Tanzenden zu, schon war sie

umringt und die Feenwesen brachten sie zum Schloss. Drinnen war alles aus feinstem Kristall und glitzerte und glänzte, dass die junge Frau geblendet ihre Augen schließen musste.

Als sie die Augen wieder öffnete sah sie vor sich, auf einem herrlichen Thron, eine hohe Frau. Ein blaues Kleid floss wie Wasser an ihrer schlanken Gestalt herab, ihr Gesicht war schön und zeitlos, ihre Augen aber blickten kühl und sie herrschte das Mädchen an: „Was suchst du hier in meinem Reich!" Die Schusterstochter war sicher, die Königin der Feen vor sich zu haben und antwortete ausweichend: „Ein Sturm trieb mich auf diese Insel. Dann habe ich mich verlaufen und geriet in diesem Sumpf."
„So bist du mein! Und wirst mir dienen bis ans Ende deiner Tage. Es sei denn, du kannst mir bis zum Winter ein Tuch weben, das mich wärmt, dann bist du frei und kannst mein Reich verlassen."

Die Schustertochter lebte nun in diesem Schloss, das tagsüber in die Untere Welt versank und nur nachts emporstieg. Sie hatte die niedrigsten Dienste zu verrichten. Dann, als der Winter nicht mehr weit war, wurde sie in eine Kammer gebracht, in der ein Spinnrad und ein Webstuhl standen. Die junge Frau erschrak, denn diese waren ganz aus Kristall, wie sollte man damit spinnen und weben können? Es war auch keine Wolle und kein Flachs da, um daraus Garn zu machen, dafür Gold, Silber und Edelsteine in Hülle und Fülle. Da erinnerte sie sich an das Geschenk des alten Weibleins und holte die Spindel hervor und wie von Zauberhand wurden Gold, Silber und Edelsteine zu feinsten Fäden versponnen, die sie nur noch aufzuwickeln brauchte. Bald hatte sie so viel Garn beisammen, dass sie daran gehen konnte ein Tuch zu weben. Mit großer Mühe und Sorgfalt spannte sie die Gold- und Silberfäden in den kristallenen Webstuhl, holte das Webschiffchen der Alten hervor und schon sprang ihr dieses aus der Hand und flitzte mit einer Geschwindigkeit hin und her, dass sie mit dem Schauen nicht mehr nachkam. Ehe sie sich's versah, waren die Gold- und Silberfäden auf das Wunderbarste miteinander verwoben und aus dem Edelsteingarn zarte blütenhafte Ornamente hineingewebt. Es war ein Tuch, wie es sich die Schusterstochter nicht einmal hätte erträumen können. Selbst die Königin der Feen hatte so etwas noch nie gesehen und als sie es sich um die Schultern legte, da wärmte sie das Tuch, wie noch keines sie gewärmt hatte und zum Dank schenkte sie dem Mädchen einen ihrer silbernen Spiegel. Ungern ließ sie nun die Schusterstochter ziehen, denn sie hätte gerne noch mehr von diesem Gewebe bekommen, aber sie war an ihr Versprechen gebunden.

Als die Schusterstochter das Schloss verließ wunderte sie sich, denn es war Tag und trotzdem stand das Schloss oben auf der Erde, inmitten einer weißen Schneelandschaft. Und als sie sich fragend an die Fee wandte, die sie zum Tor begleitete, um aufzuschließen, meinte diese: „Im Winter versinkt das Schloss nicht, denn die Wintersonne ist milde und verbrennt uns nicht."

So schön die Insel im Sommer war, so herrlich war sie auch im Winter. Der Raureif zauberte Eiskristalle auf Bäume und Sträucher, die in der milchig schimmernden Wintersonne glitzerten und funkelten wie Diamanten. Das Wasser der Bäche war zu Wundergebilden aus Eis gefroren und der Schnee breitete seine weichen, weißen Flügel in atemloser Stille über die Landschaft aus. Die Schusterstochter ging durch diese Zauberwelt und achtete nicht darauf, wohin sie ihre Schritte lenkte. Plötzlich stand sie am Ufer des Meeres. Die Sonne versank langsam hinter dem Horizont und die zarten Pastelltöne des Abendhimmels spiegelten sich im Wasser wider.
Während die Schusterstochter den Sonnenuntergang beobachtete, sah sie ein Segelschiff am Horizont auftauchen. Ihr Herz begann zu klopfen, denn es konnte niemand anderer sein als ihr Liebster, der Flötenspieler. Und noch lauter schlug ihr das Herz, aber aus Angst, dass sie ihn an die Königin der Feen verlieren könnte. Und wieder drehte sie an dem Ring und wünschte sich sofort auf das Schiff.

Der Flötenspieler erschrak nicht wenig, als vor ihm wie aus dem Nichts eine schöne junge Frau erschien, die ihm seltsamerweise bekannt vorkam. Dann aber verbeugte er sich vor ihr und fragte: „Bist du eine gute Fee oder ein Geist? Und was willst du hier auf meinem Schiff?"

„Ich bin ebenso aus Fleisch und Blut wie du", erwiderte die Schusterstochter, „aber dir droht Gefahr und deshalb bin ich hier." Dann warnte sie ihn vor der Königin der Feen und beschwor ihn umzukehren.

Der junge Mann wusste nicht, was er davon halten sollte. Seit vielen Jahren verbrachte er den Winter auf dem Schloss der Königin und wurde dort für sein Flötenspiel fürstlich belohnt. Er genoss die Freundschaft der Königin und ihrer Dienerinnen und hatte noch nie Böses erfahren. Wie sollte er dem Mädchen Glauben schenken, das – durch welchen Zauber auch immer – auf seinem Schiff gelandet war. Dieses Schiff war ein Geschenk der Königin und er liebte es. Frei fühlte er sich, wie ein Falke, wenn es über die Wellen flog. Und das tat es wahrhaftig, denn sein Kiel berührte kaum das Wasser.

Inzwischen war es Nacht geworden und ein leichter Nebel lag über dem Wasser. Die Insel kam immer näher und über den Nebelschwaden sah man schon in der Ferne den Schein der tausend Kerzen, die im Schloss brannten. Die Schusterstochter war verzweifelt, denn sie merkte, dass der Flötenspieler keinen Grund sah, das Schiff zu wenden. Da bat sie ihn, einer inneren Eingebung folgend, doch nur für einen Augenblick das Schiff anzuhalten. Wenn ihm das gelänge, wollte sie sich beruhigen.

„Nun, wenn es dich beruhigt", meinte der junge Mann entgegenkommend und befahl den Matrosen die Segel zu raffen. Aber es gelang ihnen nicht. Im Gegenteil, sie blähten sich noch mehr auf und trieben das Schiff in Windeseile der Insel zu. Das hatte der Flötenspieler nicht erwartet und es wurde ihm doch etwas seltsam zumute. Er versuchte das Ruder herumzureißen, doch auch das Ruder gehorchte ihm nicht.

Ohne lange nachzudenken stürzte sich die Schusterstochter auf den Flötenspieler, drückte ihn fest an sich und drehte dann den Ring. Sie wünschte sich beide zu dem Alten am See.

Diesmal wirbelte es sie böse herum und der einzige Gedanke, der sie erfüllte war, dass sie ihren Liebsten nicht loslassen durfte. Hart landete sie auf dem Felsen und fühlte sich zerschunden und zerkratzt. Und das war kein Wunder, denn plötzlich wurde ihr bewusst, dass sie ein wildes Tier in den Armen hielt, das um sich schlug und sie kratzte und biss. Aber wieder sagte ihr eine innere Stimme, dass sie es nicht loslassen dürfe, was auch immer geschehen mochte. Schließlich, als ihre Kräfte schon erlahmten, beruhigte sich das Tier und sie ließ es langsam los. Hechelnd und mit bebenden Flanken lag es da, dann aber heulte es auf und verschwand in langen Sätzen zwischen den Felsen.

Die Schusterstochter sank ohnmächtig zu Boden. Als sie wieder zu sich kam, lag sie auf einem Bett und das vertraute Gesicht des alten Mannes beugte sich besorgt über sie. „Was ist mit dir geschehen?" fragte er und das Mädchen erzählte ihm die ganze Geschichte.

„Ja, ja, die Königin der Feen ist mächtig und hat ihn wohl verwünscht als sie merkte, dass du ihn ihr weggenommen hast. Das verträgt sie nicht. Mal sehen, was sich tun lässt!"

Er ging in eine andere Kammer und kam mit einem uralten verstaubten Buch zurück, in das er sich sofort vertiefte. „Hier steht," sagte er endlich, „dass der Verwünschte in einen Spiegel schauen müsste und wenn es ihm dann gelänge, sich mit den Augen der Seele zu betrachten, bekäme er seine natürliche Gestalt zurück."

„Ich habe einen Spiegel!" rief hocherfreut die Schusterstochter aus, „und ich habe ihn von der Königin der Feen selbst bekommen!"

„Dann könnte es gelingen", antwortete der Alte, „jetzt müsstest du nur noch das wilde Tier finden!"

Voll Dankbarkeit dachte die Schusterstochter an das alten Weiblein, durch dessen Geschenke sie in den Besitz des kostbaren Ringes und des Spiegels gekommen war, dann drehte sie wieder an dem Ring und wünschte sich zu dem Platz, an dem sich das Tier befand.

Als sie die Augen öffnete, war es dunkel um sie herum und sie spürte, dass sie sich in einer Höhle befand. Sie merkte auch, dass das wilde Tier nicht weit sein konnte, denn in der Tiefe der Höhle leuchteten zwei grüne Augen und ein leises Knurren wurde hörbar. Die Schusterstochter war so von dem Gedanken beseelt, dem Flötenspieler wieder zu seiner menschlichen Gestalt zu verhelfen, dass ihr gar nicht in den Sinn kam, sich zu ängstigen. Mit einem Satz aber sprang das Tier sie an, so dass sie zu Boden stürzte und verbiss sich in ihren Arm. Mit der Kraft der Verzweiflung holte die Schusterstochter nun mit der anderen Hand den Spiegel der Feenkönigin hervor. Und wie ein Licht verbreitete dieser eine Helligkeit, dass beide, das Tier und das Mädchen erst einmal geblendet die Augen schließen mussten. Das Tier ließ erschrocken ihren Arm los und als es die Augen wieder öffnete sah es direkt in den Spiegel hinein. Und während die Schusterstochter das wilde Tier mit der ganzen Liebe ihres Herzens hielt, erkannte sich der Flötenspieler in diesem Spiegel, erkannte sich in seiner wahren Gestalt und erkannte auch, dass er der Sohn des Königs war, denn in diesem Augenblick kam ihm die Erinnerung an seine Kindheit zurück. Er wurde wieder Mensch und erkannte nun auch die Schusterstochter. Sie war ihm beim letzten Blütenfest in der Königsstadt aufgefallen und er hätte sie gerne zur Liebsten gehabt, aber sein unsteter Lebenswandel schien ihm kein guter Boden für eine Liebe zu sein und so hatte er schnell wieder das Weite gesucht.

Kaum aber war aus dem wilden Tier der Flötenspieler geworden, verschwand auch die Bisswunde auf dem Arm der Schusterstochter.

Die Geschichte ist nun schnell zu Ende erzählt. Nachdem sich die beiden gefunden hatten, kehrten sie in die Königsstadt zurück. Der Feldmarschall erhielt seine gerechte Strafe und der junge König wurde vom Volk mit großem Jubel gefeiert. Dann wurde die Hochzeit der beiden gefeiert und schließlich kam auch schon das nächste Blütenfest – und da wurde wieder gefeiert.

Der einäugige Wolf

Vor Zeiten lebte ein alter Mann in einer kleinen Hütte am Waldrand. Er hatte nur noch ein Auge, das andere hatte er in einer großen Schlacht verloren, als Krieg herrschte und er, wie viele junge Männer, als Soldat im Heer dienen musste. Nun fristete er sein Leben so schlecht und recht und keiner wusste wovon er eigentlich lebte. Die Dorfbewohner mieden ihn und man munkelte, dass er nicht recht im Kopf sei, vielleicht sogar mit dem Teufel im Bund stand. Denn vor Jahren sahen sie in einer Raunacht vom Waldrand her ein seltsames Leuchten, das schnell wieder verlosch. Jedenfalls war ihnen der Alte nicht geheuer und so war er an allem Missgeschick schuld, das die Dorfbewohner jemals traf.

Nun lebte in der Dorfgemeinschaft auch eine einfältige Frau, die von allen „die Wischerin" genannt wurde, denn sie verdiente ihr Brot damit, dass sie anderer Leute Böden und Treppen aufwischte. Es war hartes und karges Brot, das die Wischerin für sich und ihre Tochter verdiente. Aber eine schöne Tochter wuchs da in ihrer einfachen Stube heran. Trotz der Armut war sie ein fröhliches, warmherziges Ding, das jeder gern mochte. Immer wieder bekam sie von jemandem etwas zugesteckt, mal einen Leckerbissen, mal ein paar schöne Schuhe, mal dieses, mal jenes. Maria, so hieß das Mädchen, strahlte dann jedes Mal so vor Freude, dass sich die Gebenden wie die Beschenkten vorkamen.

Solange Maria ein Kind war, fürchtete auch sie den Alten am Waldrand und vermied es in dessen Nähe zu kommen. Als sie aber zu einer jungen Frau herangewachsen war, gab sie immer weniger auf das Gerede der Leute und der alte Mann dauerte sie. So richtete sie es immer öfter ein, dass sie an seiner Hütte vorbeikam, wenn sie reich beladen mit Pilzen oder Beeren aus dem Wald nach Hause ging. Dann stellte sie ihm immer heimlich ein volles Körbchen vor die Tür.

Einmal, als sie wieder ein Körbchen voll Erdbeeren hingestellt hatte und gerade wieder weghuschen wollte, öffnete sich die Tür und der Einäugige stand vor ihr. Maria erschrak, aber der Alte redete sie so freundlich an, dass sie ihren Schreck schnell überwunden hatte.

„Gott vergelte dir dein gutes Herz, junge Frau", sprach er und seine Stimme zitterte vor innerer Bewegung. „Du also bist meine heimliche Wohltäterin. Schon lange wollte ich dir Dank sagen, aber du warst immer so schnell verschwunden!" Dann nach einer kurzen Pause fragte er zögernd: „willst du nicht auf einen Sprung zu mir hereinschauen und mir altem Mann noch einen letzten Wunsch erfüllen. Einmal noch möchte ich, bevor ich sterbe, mit einer menschlichen Seele reden!" Und er sah sie so bittend an, dass sie gar nicht anders konnte, als seinem Wusch zu entsprechen. Da ging ein Leuchten über das entstellte Gesicht des Alten und ließ ahnen, dass er in seiner Jugend sehr schön gewesen sein musste.

Obwohl die Hütte von außen schäbig und verfallen aussah, war die Stube innen von einer schlichten Eleganz, die Maria in Staunen versetzte. Jedes der wenigen Möbelstücke war von einfacher Klarheit und wirkte im Raum wie eine Persönlichkeit. Es war sauber und aufgeräumt. Die Abendsonne schien durch das kleine Fenster und gab dem Ganzen einen Hauch von überirdischem Glanz.

Maria vergaß die Zeit. Der Alte erzählte so spannend aus seinem Leben, dass sie sich nicht losreißen konnte. Selbst als es dunkel wurde und der Alte einen Leuchter anzündete, konnte sie einfach nicht gehen, obwohl ihr eine innere Stimme sagte, dass sich ihre Mutter schon Sorgen machte. Aber der Einäugige erzählte gerade von der Schlacht, in der er sein Auge verlor und Maria war voll im Bann seiner Geschichte.

In lebhaften Bildern sah sie ihn in den Krieg ziehen. Sah, wie er sich mit seinen Kameraden mutig dem Feind entgegen warf und dabei schwer verwundet wurde. Da man ihn für tot hielt, hatte man ihn zu dem Haufen der Toten dieser Schlacht getragen und er wäre sicher mit in das Massengrab gekommen, hätte ihn nicht ein großer, einäugiger Wolf gerettet. Der Alte lächelte, als er in Marias ungläubiges Gesicht sah.

„Und doch hat es sich so zugetragen, auch wenn es so unglaublich klingt", fuhr er in seiner Erzählung fort.

Dieser Wolf hatte ihn vorsichtig aus dem Haufen der toten Kameraden gezogen und die ganze Nacht über seine Wunden geleckt, bis er am nächsten Morgen wieder zu sich gekommen war. Dann hatte er ihm bedeutet sich auf seinen Rücken zu legen und war mit ihm in den Wald gelaufen, bis zu einer Höhle. Dort hatte ihn der Wolf dann vorsichtig auf ein Lager aus weichen Fellen gelegt. Bald aber erkannte der Soldat, dass nicht die Dunkelheit der Höhle schuld daran war, dass er nichts sehen konnte, sondern dass er blind war. Lange Zeit quälte ihn dies mehr als die rasenden Schmerzen in seinem Kopf. Aber als die Schmerzen langsam nachließen und dann ganz vergingen, konnte er auf einmal wieder sehen. Zwar nur mit einem Auge, aber er war außer sich vor Freude.

Obwohl der Soldat von den Verwundungen nun genesen war, blieb er bei dem Wolf, der einäugig war wie er selbst. Eine tiefe Dankbarkeit verband ihn mit dem Tier. Mit der Zeit aber wurde der Wolf immer schwächer und konnte bald sein Lager nicht mehr verlassen. Nun versorgte der Soldat den Wolf, so wie dieser ihn vorher versorgt hatte. Als es dem Ende zuging, holte der Wolf unter den Fellen ein kleines Kästchen hervor und sprach plötzlich mit menschlicher Stimme: „Nimm dies, mein Bruder! Wenn du einmal in großer Not bist, öffne es und du wirst Hilfe bekommen! Öffnest du es aber aus Neugierde, wird es dein Schaden sein!" Dann starb der einäugige Wolf. Der Soldat begrub ihn und machte sich dann auf den Weg aus dem Wald, denn nun wollte er wieder unter Menschen sein.

„Aber die Menschen", sagte der Alte mit einem bitteren, aber zugleich traurigen Ton, „die Menschen hatten Angst vor mir und wollten nichts mit mir zu tun haben. So wohne ich hier, abseits vom Dorf und gemieden wie ein Aussätziger. Doch einmal, als ich Hunger und Einsamkeit nicht mehr ertragen konnte, öffnete ich das Kästchen und mir wurde wunderbare Hilfe zuteil."
Mit zitternden Fingern holte der Alte ein kleines, goldbeschlagenes Kästchen aus seiner Jackentasche und hielt es Maria hin. „Hier Maria, meine Zeit ist gekommen, nun gebe ich es an dich weiter. Da du mir geholfen hast, soll es auch dir in der Not beistehen. Aber hüte dich, das Kästchen aus Neugierde zu öffnen!" Und er drückte dem verdutzten Mädchen das kleine Kästchen in die Hand, seufzte auf wie in tiefer Erleichterung und starb.
Maria weinte. In dieser kurzen Zeit, die ihr wie ein Leben vorkam, hatte sie den einäugigen Alten lieb gewonnen. Behutsam bettete sie ihn auf sein Lager, stellte Kerzen auf, kniete vor dem Bett nieder und betete in tiefer Andacht für seine Seele. Sie merkte gar nicht, dass es inzwischen Morgen geworden war.

Lautes Stimmengewirr und zornige Rufe ließen Maria aufschrecken. Sie sah aus dem Fenster und erschrak. Vor der Hütte hatten sich die aufgebrachten Dorfbewohner versammelt, bewaffnet mit allem was als Waffe taugen konnte. Sie schrieen wild durcheinander und bald konnte Maria heraushören, dass sie glaubten, der Alte habe ihr etwas Schlimmes angetan und dafür sollte er nun büßen. Am lautesten schrie ihre Mutter. Maria erkannte sie fast nicht mehr, diese stille, in sich gekehrte Frau, die nun außer sich und verzerrt vor Hass nach blutiger Rache schrie!

Maria stürzte aus dem Haus und auf ihre Mutter zu. „Mutter ich bin hier, ich lebe doch! Der alte Mann ...", weiter kam sie nicht.

Wie irrsinnig schrie ihre Mutter auf: „Das ist nicht meine Tochter, das ist der Alte, der sich in ihre Gestalt verwandelt hat, um der Rache zu entgehen. Ergreift ihn, tötet ihn, tötet ihn!"

Mit ungläubigem Entsetzen sah Maria, wie sich die Dorfbewohner, aufgehetzt durch das Geifern ihrer Mutter auf sie stürzen wollten. Da fühlte sie das Kästchen heiß in ihrer Hand und schnell öffnete sie es. Ein Zischen und Brausen erhob sich, ein helles Licht blendete die aufgebrachte Menge und Maria fühlte noch, wie sie davongetragen wurde, dann verlor sie das Bewusstsein.

Als sie wieder zu sich kam, befand sie sich in einer kleinen Höhle auf einem Lager aus weichen, schönen Fellen. Nicht weit von sich gewahrte sie in der grauen Dämmerung ein zweites Felllager, auf dem ein großes, graues Tier lag. Maria erkannte den einäugigen Wolf und fragte erstaunt: „Wie kannst du es sein? Der Alte hat mir doch erzählt, dass du gestorben bist!"

„In eurer Welt bin ich schon oft gestorben, aber was ist schon der Tod? Das Kästchen ist ein Tor und wer es öffnet ruft mich. Was kann ich für dich tun?"

Maria war zu benommen, um einen Wunsch zu verspüren. Sie fragte aber den einäugigen Wolf: „Ich verstehe das nicht! Warum hat mich meine Mutter nicht erkannt? Wie konnte sie nur glauben, ich sei der Alte in der Gestalt ihrer Tochter? Und dieser Hass, mein Gott dieser Hass!" Endlich löste sich ihr Schrecken in Tränen auf und sie weinte lange. Als sie sich wieder beruhigt hatte, erklärte ihr der einäugige Wolf: „Dein braunes Haar ist in dieser Nacht weiß geworden, Maria. Deine Mutter konnte nur an bösen Zauber glauben. Und alle fürchteten den alten Mann. Angst und Wut aber machen blind!"

„Ich weiß nicht was ich jetzt machen soll, wie kann ich nach all dem wieder in mein Dorf zurück?" fragte Maria, mehr zu sich selbst.

„Du kannst hier in der Höhle bleiben solange du willst, es wird dir an nichts mangeln und wenn es dich wieder zu den Menschen zieht, dann gehe in Richtung Sonnenaufgang", sprach der Wolf und verschwand.

Maria blieb drei Tage. Dann aber wollte sie doch wieder heim. Also machte sie sich auf den Weg und wie der Wolf ihr geraten hatte, ging sie in Richtung Sonnenaufgang. Endlich, als es schon Abend wurde kam sie aus dem Wald heraus. Vor ihren Augen lag ein liebliches Tal und in der Ferne hörte sie das Läuten der Abendglocke. In freudiger Erregung vergaß sie ihre Erschöpfung und eilte auf das ferne Dorf zu. Mit einbrechender Dunkelheit erreichte sie die ersten Häuser. Froh schritt sie auf eines zu und klopfte an die Tür. Da verstummten im Haus die Geräusche, das Licht erlosch und es schien, als wollte selbst das Haus sich im Dunkeln verstecken. Maria versuchte es noch an ein paar anderen Türen, aber überall war die gleiche Reaktion. Weinend vor Enttäuschung und Erschöpfung versuchte Maria nun in der Kirche Unterschlupf zu finden. Aber auch das Kirchentor, das in ihrem Dorf immer offen stand, war hier verschlossen. Da suchte sie das Armenseelenhäuschen auf. Ein kleines Gebäude am Rande des Friedhofs, in dem die Verstorbenen aufgebahrt wurden, die kein Geld hinterließen um prunkvoll in der Kirche aufgebahrt zu werden und dieses Häuschen war nicht verschlossen.
Sie huschte hinein. Still war es hier und im Dämmerlicht sah sie einen Toten aufgebahrt. Zu seinen Häupten brannten zwei Kerzen. Maria kniete vor dem Sarg nieder und betete für die Seele des Verstorbenen. So war sie es gelehrt worden und in respektvoller Ehrfurcht erwies sie diesen Dienst auch diesem Fremden. Dann zog sie sich in eine dunkle Nische zurück, um hier die Nacht zu verbringen. Mit der Hoffnung, der Tag würde ihr einen freundlicheren Empfang bereiten, wickelte sie sich in ihren Mantel und schlief sofort ein.

Schon bald aber wurde sie von einem unheimlichen Geräusch geweckt. Kalte Furcht ergriff sie und hastig nahm sie das kleine Kästchen in die Hand. Aber im letzten Moment steckte sie es wieder weg. Sie hatte zwar große Angst, aber noch war sie nicht in Gefahr. Vielleicht galt dieser schreckliche Lärm gar nicht ihr. Aber die schweren, polternden Schritte kamen immer näher und schon betrat eine große, dunkle Gestalt das Häuschen. Maria kauerte sich in ihre Ecke und war vor Angst wie gelähmt. Die Gestalt aber beachtete sie nicht, sondern schritt auf den offenen Sarg zu und wollte den Leichnam herauszerren. Da vergaß Maria ihre ganze Angst. Sie sprang auf und rief: „Wer immer Ihr seid! Lasst den Toten in Frieden, Ihr habt nicht das Recht, seine heilige Ruhe zu stören!"

Die dunkle Gestalt wandte sich staunend um. Maria erstarrte das Blut in den Adern, eine hässliche Fratze starrte sie an. Doch plötzlich verflossen die Konturen und die Fratze verwandelte sich in das Gesicht eines schönen jungen Mannes. Er trat auf sie zu und sprach: „Wer immer du bist, hab Dank! Du hast mich aus einer schweren Verwünschung erlöst. Ich hatte meinen Feind erschlagen und in großer Wut seinen Leichnam geschändet. Da wurde ich von dessen Mutter, einer Zauberin verflucht, so lange nachts als Leichenschänder Angst und Schrecken im Land zu verbreiten, bis sich mir jemand unerschrocken in den Weg stellt. Nur so könnte der Fluch aufgehoben werden und das hast du nun getan."

Dann wandte er sich dem Toten zu, kniete vor ihm nieder und versprach, ihn in aller Würde begraben zu lassen, um damit auch seine Schuld dem geschändeten Leichnam seines Feindes gegenüber einzulösen. Und während Maria so zusah, war ihr plötzlich als käme ihr der Tote bekannt vor. Sie trat zu dem Sarg hin und sah voller Staunen, dass dies der einäugige Alte war. Da weinte sie in Erinnerung an das Geschehen in ihrem Dorf und auf das Drängen des jungen Mannes hin erzählte sie ihm die ganze Geschichte.

Als am frühen Morgen der Mesner die Kirche zur Morgenandacht aufschloss, trugen die beiden den Sarg hinein. Der junge Mann, der aus einem reichen Hause stammte, brachte Blumen und Kranzgebinde, während Maria mit dem Pfarrer sprach. So wurde dem einäugigen Alten ein würdiges Begräbnis bereitet. Und als die beiden so am Grabe standen, sahen sie sich lange in die Augen, so lange, bis tief in ihrem Inneren ein Erkennen aufstieg. Dann verließen sie Hand in Hand den Friedhof und wussten, dass ihr weiterer Weg ein gemeinsamer sein würde.

Die Eltern des jungen Mannes waren über die Erlösung ihres Sohnes über alle Maßen froh und hießen Maria als Schwiegertochter herzlich willkommen. Schon bald wurde die Hochzeit gefeiert.

Doch wo das Glück am größten, ist auch der Neider am nächsten ...", sagt ein altes Sprichwort.

Es gab eine junge Frau, die gerne selbst in das reiche Haus eingeheiratet hätte und deshalb Maria übel gesinnt war. So spann sie ein Netz von Intrigen und Lügen und versuchte, Maria schlecht zu machen, wo sie nur konnte. Doch weil ihr dies nicht gelang, wuchs ihr Hass und ihre Erbitterung und sie sann Tag und Nacht darüber nach, wie sie Maria doch schaden könnte. Da ihr aber nichts anderes einfiel, beschloss sie Maria zu töten.

Als Maria für einige Tage allein war, weil ihr Mann wegen geschäftlicher Angelegenheiten fort musste, ergriff die Frau die Gelegenheit und schlich sich nachts ins Haus. Schon stand sie vor dem Bett der Schlafenden, als ihr Blick auf ein kleines, goldbeschlagenes Kästchen fiel, das Maria auf dem Nachttisch stehen hatte. Gierig griff sie danach und öffnete es. Da ertönte ein Zischen und Brausen und ein helles Licht blendete die Frau. Maria fuhr erschrocken hoch und sah wie eine Frau in einem schmalen Lichtstreif verschwand. Dort aber wo das Kästchen gestanden hatte lagen drei Blutstropfen. Die Tage vergingen, doch das Geschenk des einäugigen Alten tauchte nicht mehr auf und die Frau wurde nie wieder gesehen.

Traurig erzählte Maria ihrem Gatten von dem Verlust des Kästchens. Doch dieser tröstete sie mit den Worten: „So hat es dir ein letztes Mal gedient. Mir kam zu Ohren, dass dich diese Frau mit Hass verfolgte und Schuld an all den bösen Verleumdungen war. Ich hatte mir schon Sorgen gemacht, ob sie dir nicht nach dem Leben trachten will. Nun wirst du das Geschenk des einäugigen Wolfes nicht mehr brauchen. In mir aber hast du einen zweiäugigen Wolf an deiner Seite, der es nicht zulassen wird, dass dir jemals ein Leid zugefügt wird!"

„Und du, " lächelte sie, „hast eine Frau an deiner Seite, die es nicht zulassen wird, dass du jemals wieder in ein hässliches Monster verwandelt wirst."

Dann umarmten sie sich lachend und lebten weiterhin glücklich und zufrieden und liebten sich je länger, desto inniger.

Goldschätzchen

Es waren einmal ein alter Mann und eine alte Frau, die lebten lange Zeit in Frieden und Eintracht miteinander. Er nannte sie zärtlich sein Täubchen und sie nannte ihn liebevoll ihr Bärchen.

Als die beiden merkten, dass ihre Lebenszeit langsam dem Ende zuging, wollte eines vom andern rechtzeitig Abschied nehmen. Und da stritten sie sich zum ersten Mal, denn keines von beiden wollte allein zurückbleiben. Sie machte ihm Vorwürfe, wie er es nur fertig bringen könnte, sie allein zurückzulassen. „Und du"? schimpfte er zurück, „wie kannst du nur daran denken, mich zu verlassen!" Und sie waren sich gram und beobachteten einander argwöhnisch, ob sich nicht der andere vielleicht doch heimlich zum Sterben legen wollte.

Da geschah es eines Tages, dass die beiden, als sie sich gerade wieder gezankt hatten, ein leises Wimmern hörten. Sie liefen zur Tür, denn das Weinen kam von dort. Als sie öffneten lag da ein kleines Kind in einem Körbchen, das ausgesetzt worden war. Liebevoll nahmen die beiden Alten das Findelkind auf. Sie vergaßen das Sterben und ihren Streit darum. Er nannte sie wieder zärtlich sein Täubchen und sie nannte ihn wieder liebevoll ihr Bärchen und das Kind in ihrer Mitte, das sie über alles liebten, nannten sie Goldschätzchen und es gedieh aufs prächtigste.

Doch eines Tages war es herangewachsen, nahm Abschied von den beiden Alten und zog in die Welt hinaus. Sie winkten ihm noch lange nach, dann fielen sie sich weinend in die Arme. Und als ihre Trauer vorüber war gingen sie Hand in Hand in ihr Haus zurück, setzten sich auf die Ofenbank und zur selben Stunde starben beide, mit einem seligen Lächeln auf ihrem Gesicht.

Tod

In heiterer Ruhe,
gleich dem goldenen Herbst
komme zu mir
Tod
am Ende meiner Tage!

Wie ein zärtlich
fallendes Blatt
lasse auch ich dann
still
meinen Körper fallen.

Nimm ihn auf Erde
und webe
aus Feuer und Wind
mir
eine neue Gestalt!

Elegie

Und wieder ist es Herbst geworden!
Zeit, die Blätter loszulassen!
Alles, was dir Sicherheit versprach
mein Herz,
lass los!

Kalt ist der Regen wieder
und unbarmherzig der Wind!
Das Dach, das dir einst Schutz versprach
wird immer dünner!
Wehre dich nicht
mein Herz,
lass los!

Die Strahlen der Sonne
wärmen nur selten noch!
Die Nacht wird kalt und lang.
Wehre dich nicht
mein Herz,
lass los!

Lass dich tragen
vom ewigen Zyklus
durch Tod und Auferstehung,
Sterben und Wiedergeburt,
entlang der Spirale des Lebens,
das nur die Wandlung kennt!

Impressionen

Bloß liegt die Erde
und nackt stehen die Bäume.
Schutzlos
bietet die Natur
ihre Jungfräulichkeit dar
und der wissende Blick
erfährt mit Erschauern
die eigene Verletzlichkeit.

Fabriken
vergewaltigen das Land.
Bäume stehen verloren
zwischen Eisen und Beton
– und dennoch
bauen Vögel
ihre Nester darin!

Blumenelfe

Die Seerosenbraut

Es war einmal ein armer Schuster, der hatte schon bessere Tage gesehen. Aber mit zunehmendem Alter kamen immer weniger Menschen in seine Werkstatt, um sich ihre Schuhe richten zu lassen. Neue Schuhe ließ sich schon lange keiner mehr anfertigen, denn längst schon konnte man für billiges Geld Schuhe in kleinen Läden oder großen Kaufhäusern erwerben und musste nicht erst warten, bis der Schuster mit der Arbeit fertig war. Oft schon hatte er mit dem Gedanken gespielt, seine kleine Werkstatt aufzugeben und sich in einer der großen Schuhfabriken als einfacher Arbeiter zu verdingen. Aber immer wieder hatte er den Zeitpunkt hinausgeschoben, denn sein Herz hing an der kleinen Werkstatt. Im Grunde konnte er es sich gar nicht vorstellen, jeden Tag von morgens bis abends immer nur die gleichen Handgriffe zu tun, denn in den Fabriken wurden die Schuhe am Fließband hergestellt und jeder Arbeiter hatte den ganzen Tag nur ein bestimmtes Teil anzufertigen. Das hatte den Schuster immer abgeschreckt und so schleppte er sich von Monat zu Monat, von Jahr zu Jahr, bis er schließlich so arm war, dass er die Kosten für seine Werkstatt und seine Kammer nicht mehr aufbringen konnte und der Schuldenberg immer höher wurde. So musste er endlich schweren Herzens seine Werkstatt aufgeben. Er bewarb sich in einer großen Fabrik um eine Arbeitsstelle. Aber dort wies man ihm die Tür, er wäre schon zu alt, sagte man ihm ohne Bedauern, da würden sich die Arbeiter zur Ruhe setzen und den Arbeitsplatz einem Jungen freimachen. Der Schuster versuchte es noch in verschiedenen anderen Fabriken, aber überall erhielt er die gleiche Absage.

Da ging der arme Schuster verzweifelt aus der Stadt, in der er keine Bleibe mehr hatte.
„Was soll ich noch auf dieser Welt, in der die Alten keinen Platz mehr haben", dachte er sich und trug sich mit dem Gedanken, seinem Leben ein Ende zu

bereiten. Aus seiner Jugendzeit her wusste er noch von einem Weiher, der etwas außerhalb der Stadt lag und zu dem er oft mit Freunden gewandert war, um zu baden und die herrliche Umgebung zu genießen. Dieser Weiher, so beschloss er, sollte seine letzte Ruhestätte werden.

Während er so dahinging, zog vor seinem inneren Auge noch einmal sein ganzes, bisheriges Leben vorüber und traurig stellte er fest, dass es nicht viel Freude darin gegeben hatte. Schon früh hatte er seine Eltern verloren und das Mädchen, das er liebte, hatte einen anderen geheiratet, der ihr mehr hatte bieten können, als eine kleine Schusterwerkstatt. Seither war er allein geblieben, aus Angst vor einer weiteren Enttäuschung hatte er nur noch für seine Arbeit gelebt. Die wenigen Freunde, die er hatte, gründeten einer nach dem anderen eine Familie und voll Stolz zeigten sie ihre Kinder vor. Das tat dem Schuster weh und so zog er sich immer mehr zurück. Wie gerne hätte er jetzt im Alter noch den einen oder anderen zum Freund gehabt. Zutiefst bereute er jetzt, dass er das Leben so hatte an sich vorbeiziehen lassen. Nun stand er mit leeren Händen da und sein einziger Wunsch war zu sterben.

Endlich kam er an dem Weiher an. Die Abendsonne tauchte alles in ein goldrotes Licht, in den Erlen und Weiden sangen die Amseln und irgendwo in der Ferne rief ein Kuckuck. Da wurde dem Schuster so seltsam zumute, dass er nicht wusste, wie ihm geschah. Er setzte sich auf einen Baumstrunk und ließ sich von der wundersamen Abendstimmung einhüllen. Halb wachend, halb träumend saß er da, blickte über den Weiher und sah doch nirgendwohin. Die Sonne war längst untergegangen und aus dem Weiher stieg ein zarter Nebel. Der Schuster stand langsam auf und ging zögernd auf den Weiher zu, seine Beine und sein Herz waren schwer wie Blei. Der Entschluss, hier zu sterben, kam ihm plötzlich abwegig vor, doch wie sollte er weiterleben?

Da hörte er eine feine Stimme seinen Namen rufen. Erstaunt blickte er sich um. Selbst in der Stadt gab es niemanden mehr, der seinen Namen noch wusste.

Endlich gewahrte er auf dem Weiher, eingehüllt in zarte Nebelschleier, eine wunderschöne Frau.

„Wer bist du?" fragte er verwundert.

„Ich bin die Königin der Seerosen", antwortete sie und kam ans Ufer heran. Ein seltsames Leuchten ging von ihr aus und der Schuster wusste nicht, ob er wache oder träume. Er zwickte sich in den Arm und merkte, dass er nicht träumte.

Die schöne Frau sprach weiter: „Ich weiß von deinem Kummer und dass du in diesem Weiher sterben wolltest. Aber du zögerst und so kann ich dich um etwas bitten. Etwas, das deinem Leben vielleicht noch einmal Sinn und Richtung geben kann. Ein dunkler Schatten hat meine Töchter geraubt und hält sie nun gefangen. Wenn es dir gelingt, sie zu finden und zu mir zurückzubringen, wird sich dein Schicksal wenden. Sieh in den Weiher, wenn der Mond aufgeht, dann kannst du darin erkennen, welchen Weg du nehmen musst." Nach diesen Worten verblasste die Erscheinung und ein leichter Wind löste die feinen Nebelschleier auf.

Es dauerte nicht lange, da erhob sich hinter dem Wald der volle Mond und sein Licht spiegelte sich im Weiher. Neugierig beugte sich der Schuster über das Wasser, gespannt, ob er darin etwas sehen würde.

Erst sah er nichts, aber langsam verdichteten sich die tanzenden Lichter zu einem Bild, dass eine düstere Burg zeigte. Diese stand einsam und drohend mitten in einer weiten Ebene. Ein dunkler, schwarzbärtiger Mann zerrte gerade die goldhaarigen Kinder der Seerosenkönigin hinein. Dann löste sich das Bild auf und kurz darauf verdichteten sich die tanzenden Lichter zu einem neuen Bild. Ein herrliches, weißes Pferd mit wehender Mähne erschien, nur kurz und schon verblasste auch dieses Bild. Dem Schuster war, als hätte es ein Horn auf seiner Stirn getragen. Nun glänzte ihm nur noch das Spiegelbild des Mondes entgegen. Lange sah der Schuster noch in den Weiher und überlegte, was das alles wohl zu bedeuten habe. Noch nie hatte er solches erlebt und er fürchtete um seinen Verstand. „Vielleicht war das alles nur ein Trugbild, hervorgerufen durch meine Verzweiflung und Einsamkeit", sagte er sich und dachte gar nicht mehr daran ins Wasser zu gehen, um zu sterben, sondern machte sich eiligst auf den Weg zurück in die Stadt.

Doch je weiter er sich vom Weiher entfernte, desto müder wurde er. Schließlich trugen ihn seine Beine nicht mehr und er hatte nur noch den Wunsch, zu schlafen. Er verkroch sich in ein nahes Gebüsch und fiel sofort in einen tiefen Schlaf.

Als er am Morgen erwachte, wusste er nicht, wo er sich befand. Die Gegend war ihm fremd, ebenso der Weg, den er nachts gegangen war. Dieser Weg führte nicht in die Stadt sondern in einen dichten Wald, den er in seinem Leben noch nie gesehen hatte. Er wusste weder aus welcher Richtung er gekommen war, noch in welche Richtung er nun gehen sollte. Und wie er so da stand und überlegte, hörte er ein leises Wiehern und als er in diese Richtung sah, stockte ihm der Atem, denn dort, wo der Weg in den dichten Wald führte, stand das herrliche weiße Pferd. Ja, es war ein Einhorn und wieder zwickte sich der Schuster in den Arm – nein er träumte nicht! Und als sich das Einhorn umwandte und davon trabte, ging ihm der Schuster nach. Und er ging den ganzen Tag durch diesen immer dichter werdenden Wald. Bald war das Einhorn verschwunden und der Schuster hatte wiederum das Gefühl, sich alles nur eingebildet zu haben. Aber da er nichts anderes wusste, blieb er auf dem Weg, den er gerade ging, denn irgendwohin musste ihn dieser doch führen. Als er endlich aus dem Wald trat, ging gerade die Sonne unter. Da sah er vor sich eine weite Ebene auf der weder Baum noch Strauch wuchs. Und mitten in dieser Ebene stand eine alte, düstere Ritterburg, mit dicken Mauern und vielen Wachttürmen. Der Schuster erkannte in ihr jene Burg, die er im Weiher erblickt hatte und in die der schwarzbärtige Mann die goldhaarigen Kinder der Seerosenkönigin gebracht hatte.

„Also war es doch kein Trugbild!" dachte der Schuster und überlegte, was er jetzt wohl tun sollte. Einfach auf die Burg zugehen und um eine Herberge bitten? Ihm schauderte bei diesem Gedanken. Oder die Nacht noch im Schutz des Waldes verbringen und den Morgen abwarten, um zu sehen, was sich tun lässt? Der

Schuster entschied sich dafür. Er baute sich aus Reisig, Laub und Moos ein weiches Lager, vergrub sich darin und war auch bald schon eingeschlafen.

Als er am Morgen erwachte, dachte er lange darüber nach, was er jetzt wohl tun sollte. Und je länger er nachdachte, desto weniger fiel ihm ein. Und da beschloss er mit dem Denken aufzuhören und einfach zu der Burg hinzugehen, alles weitere würde sich dann schon zeigen.
Endlich, als die Sonne schon hoch am Mittag stand, kam er ermattet und durstig am Tor an. Es war ein schweres, dunkles Eichentor, mit seltsamen Zeichen und Symbolen verziert. Der Schuster nahm seinen ganzen Mut zusammen und pochte laut an dieses Tor, aber nichts geschah. Da fasste er sich ein Herz und öffnete es. Es war ein schweres Tor und er musste seine ganze Kraft aufbieten, bis er es soweit geöffnet hatte, dass er eintreten konnte. Mit einem dumpfen Knall schloss es sich sofort wieder.

Beklommen sah sich der Schuster um. Er stand in einer düsteren Halle von der aus drei weitere Türen in angrenzende Räume führten. Er entschied sich für die mittlere Tür und klopfte wieder an. Aber auch diesmal rührte sich nichts und so öffnete der Schuster auch diese Tür. Er blickte in einen hohen Raum, der ganz mit schwarzem Tuch behängt war. In der Mitte des Raumes stand ein steinerner Sarg und zu beiden Seiten flackerten große Kerzen auf silbernen Leuchtern. Da war ihm, als sollte er hinein gehen und den Sarg öffnen, aber es grauste ihn. Schnell schloss er diese Tür wieder und öffnete die zur rechten Seite. Der Raum, der sich nun seinem Blick darbot, war mit dunkelrotem Samt ausgekleidet und mächtige Schwerter hingen an den Wänden. In der Mitte des Raumes aber stand eine große, eichene Truhe. Der Schuster kämpfte lange mit sich, aber schließlich siegte seine Neugierde und er öffnete die Truhe. Gold und Silber glänzte ihm da entgegen, dass er ganz geblendet die Augen schließen musste. Doch schnell ließ er den Deckel wieder zufallen, um erst gar nicht in Versuchung zu kommen, seine Taschen damit zu füllen. Dann verließ er auch diesen Raum und öffnete die dritte Tür. In diesem Raum stand ein herrlicher Brunnen aus weißem Marmor. Da meldete sich sofort sein Durst wieder und er ging erfreut darauf zu, um zu trinken. Doch als er gerade vom Wasser schöpfen wollte, hörte er einen seltsamen Laut und als er diesem Laut nachging, fand er unter dem Brunnen, in einer kleinen Kuhle, eine dicke Kröte. Obwohl Kröten eigentlich hässliche Tiere sind, ekelte sich der Schuster nicht vor ihr, im Gegenteil, er hatte ein Gefühl von Ehrfurcht, als er in ihre goldenen Augen sah. Und ihm war als sähe er in ihr die Gestalt einer uralten Greisin. Im gleichen Augenblick verwandelte sich die Kröte auch in eine steinalte Frau und diese sprach zu ihm:

„Bist zur rechten Zeit gekommen. Hast gut daran getan, den Sarg nicht zu öffnen und das Gold nicht zu nehmen. Der Sarg wäre deiner geworden und die Schwerter hätten deinen Kopf genommen und wenn du von diesem Wasser getrunken hättest, dann …, ja dann …, keiner weiß, was dann aus dir geworden wäre, ein Tier, ein Vogel, eine Kröte, wer weiß!"

Der Schuster sah sie sprachlos an. Endlich siegte seine Neugierde und er fragte: „Wer bist du? Und wo ist der dunkle Mann, dem diese Burg gehört?"

„Bin Mütterchen Kröte und der dunkle Mann ist mein Sohn. Ist nicht ganz so nach mir geraten, eher nach seinem Vater. Muss immer wieder nach dem Rechten sehen, wenn er's gar zu schlimm treibt. Und dass er die Töchter der Seerosenkönigin geraubt hat, will mir gar nicht gefallen und ich warte schon lange auf einen, der sie befreit. Du kommst zur rechten Zeit, denn mein Sohn ist gerade unterwegs, vielleicht heckt er schon wieder eine Gemeinheit aus, wer weiß. Also komm, ich bring dich zu ihrem Gefängnis."

Und die Alte humpelte zu Tür. Der Schuster folgte ihr eine dunkle steinerne Treppe hinab, die er vorhin in der Halle nicht gesehen hatte. Sie führte immer tiefer hinab, bis sie schließlich in einem dunklen Verlies ankamen. Und was er dort sah, trieb ihm die Tränen in die Augen. Die Töchter der Seerosenkönigin saßen in ihren dünnen Kleidchen angstvoll zusammengekauert auf dem kalten steinigen Boden, ihr goldenes Haar hing glanzlos und wirr herab und ihre einst weiße Haut war schwarz vom Unrat dieses schrecklichen Ortes. Es waren sieben und die Älteste war vielleicht gerade 18 Jahre alt.

Die Alte aber spuckte nun jedem Mädchen ins Gesicht und ehe der verdutzte Schuster wusste was geschah, war aus jeder von ihnen plötzlich eine kleine, marmorne Seerose geworden. Die Alte wickelte die Seerosen behutsam in ein Tuch, übergab es ihm sprach: „Jetzt schau nicht, wie einer der's Zählen verlernt hat. Hab den Mädchen nichts getan. Sie bekommen ihre Gestalt wieder, sobald sie im Teich ihrer Mutter sind. Aber in dieser Gestalt kannst du sie besser mit dir nehmen und sie auch besser verbergen, wenn es Not tut. Jetzt aber geh! Weiß ja nicht, wann mein Sohn zurückkommt – und es ist besser, wenn er dich hier nicht findet!"

Bei dem Gedanken, dass der schwarzbärtige Hüne schon bald zurückkehren könnte, kam wieder Leben in den armen Schuster und er machte, dass er fort kam. Da hielt ihn die Alte noch einmal kurz zurück, gab ihm eine kleine Kugel, eine gläserne Murmel, so eine, mit denen er als kleiner Junge immer mit seinen Freunden gespielt hatte und sprach: „Sollte dir mein Sohn doch noch über den Weg laufen, wirf ihm diese Murmel an den Kopf, das könnte dir helfen." Dann schrumpfte sie wieder zusammen und im nächsten Moment, saß nur noch eine dicke Kröte auf dem Steinboden des Verlieses.

Nun lief der Schuster, was seine alten Beine nur hergeben mochten. Aber die Ebene war weit und der Weg lang. Und mit einem Mal kam ihm der dunkle Mann entgegen.

Dem Schuster wurde ganz weich in den Knien und er drückte das Bündel mit den marmornen Seerosen ängstlich an sein Herz. Das machte den Schwarzbärtigen aufmerksam. Er trat zu dem Schuster hin, doch noch ehe er etwas sagen konnte, warf ihm der Schuster die gläserne Murmel an den Kopf. Dort blieb sie stecken und der Hüne erstarrte wie zu Stein.

Der Schuster aber lief und lief und blieb keinen Augenblick stehen, um zu verschnaufen. Erst als er die schützenden Bäume erreicht hatte, erlaubte er sich eine kurze Verschnaufpause. Und als er über die Ebene zurücksah, da stand der Sohn der Alten immer noch bewegungslos da.

Nun erst merkte er, wie erschöpft er war und wusste nicht, wie er den weiten Weg zum Weiher noch bewältigen sollte. Da hörte er ein leises Wiehern und als ob er es gerufen hätte, stand plötzlich das Einhorn wieder vor ihm. Und es nahm den Alten auf seinen Rücken und trug ihn in Windeseile davon und ehe er sich's versah, war er an dem Weiher angekommen. Er sah noch, wie das schöne Tier zwischen den Bäumen verschwand und ging dann zum Ufer. Vorsichtig wickelte er die marmornen Seerosen aus dem Tuch und setzte eine nach der anderen ins Wasser. Da wurden sie wieder lebendig und im aufgehenden Mond tanzten sie nun wie zarte Nebelschleier über das Wasser. Und es wogte und webte über den See und dann kam die wunderschöne Frau, die Seerosenkönigin auf ihn zu und sprach bewegt: „Wie soll ich dir danken! Du hast meine Kinder befreit und zu mir zurückgebracht! Ich wusste, dass du dies schaffen würdest. Nun wünsche dir, was immer du willst und ich werde dir deinen Wunsch erfüllen!"

Der Schuster dachte lange nach. Endlich sagte er leise: „Mein größter Wunsch wäre, noch einmal jung zu sein und mein Leben mit einer Frau und mit Kindern zu teilen." Da lächelte die Seerosenkönigin, fuhr ihm mit der Hand über Gesicht und Leib und der Schuster spürte plötzlich die Kraft der Jugend durch seine Adern fließen und als er aufsah, gewahrte er ein schönes Mädchen, das gerade dem Wasser entstieg und der Königin aufs Haar glich. Es war ihre älteste Tochter.

Mit ihr lebte er nun das Leben in vollen Zügen und alles was er begann, geriet ihm wohl, als läge der Segen der Seerosenkönigin auf ihm. Sie bekamen Kinder, Enkel- und Urenkelkinder, denn der ehemalige Schuster wurde steinalt – und weise.

Der Korb der Unterirdischen

Ein König lebte mit seiner Frau und seinem Sohn in einem Land, von dem wir heute nicht mehr wissen, aber die Geschichte von diesem Land wird noch bis heute erzählt.

Dieser König herrschte streng über sein Volk und seine Familie und das Lachen war ihm fremd. Als sein Sohn heranwuchs achtete er darauf, dass er zu einem guten Krieger ausgebildet wurde und duldete weder Fehler noch Schwächen.

Der Sohn war noch nicht erwachsen, da starb die Königin. Vor ihrem Tod aber rief sie ihn zu sich, überreichte ihm eine kleine, mit Diamanten besetzte Dose und sprach: „Mein Sohn, unheilbar ist die Krankheit an der ich leide und meine Tage sind gezählt. Dies ist mein Vermächtnis an dich", und sie reichte ihm die Dose und sprach weiter: „ich bekam sie von meiner Mutter und diese wiederum von der Ihren. Immer wurde die Dose von Mutter auf Tochter weitergegeben. Da ich nun keine Tochter habe, so sollst du diese Dose bekommen und sie später an dein erstgeborenes Kind weitergeben. Sie birgt ein Geheimnis und lässt sich nur dann öffnen, wenn du das richtige Wort gefunden hast. Dann springt der Deckel auf und du wirst erfahren, was sich in dieser Dose befindet. Leider habe ich das richtige Wort nie gefunden und schlimmer noch, ich hatte bis zum heutigen Tag vergessen, dass ich sie besaß. Nun ist sie Dein. Ich weis nicht, ob sie dir von Nutzen sein wird, aber behalte sie zum Andenken an mich – Gott schütze dich mein Sohn." Nach diesen Worten sank sie ermattet in die Kissen zurück und sprach nicht mehr. Tage später begrub man sie in aller Stille. Der König weinte keine Träne und wachte streng darüber, dass auch der Sohn keine Trauer zeigte.

Eines Tages wurde das Land mit Krieg überzogen. Der Sohn freute sich, dass er seinem Vater endlich beweisen konnte, welch ein guter und tapferer Krieger er geworden war. Der König war stolz auf seinen Sohn, doch er fiel in der Schlacht und so blieb ihm die Niederlage erspart, sein Reich untergehen zu sehen. Obwohl der Jüngling voll Schmerz und Zorn unter den Feinden wütete, wurde er überwältigt und gefangen genommen, denn die Übermacht war zu groß.

Als Gefangener kehrte er in seines Vaters Schloss zurück und wurde dort in eines der tiefsten Verließe gesperrt. Kein Licht drang in diese Tiefen und die Ratten waren nun seine Gefährten und der Sohn des Königs wünschte, er wäre, wie sein Vater in der Schlacht gefallen.

Nach einigen Tagen wurde der Jüngling vor den Herrscher geführt. Dieser hielt die Dose seiner Mutter in der Hand und fragte barsch: „Was befindet sich in dieser Dose und wie lässt sie sich öffnen?" Der Sohn des Königs aber antwortete, dass er es selbst nicht wisse. Da geriet der Herrscher in Zorn. Er rief den Henker zu sich und drohte dem Jüngling: „So lasse ich dich töten, wenn du mir das Geheimnis der Dose nicht preisgeben willst!"

Dieser aber sprach: „So tötet mich, wenn es euch gefällt, ich fürchte den Tod nicht, denn hier kann er nur mein Freund sein."

Da ließ der Herrscher von ihm ab und die Wächter mussten ihn wieder in sein Verließ schleppen. Als sie aber mit dem Sohn des Königs den Saal verlassen wollten, geschah das Unglaubliche: Die Dose entwand sich den Händen des Herrschers und folgte dem Gefangenen. Der Herrscher war zuerst fassungslos, dann wutentbrannt, schließlich fasste er sich und dachte: „Wenn das so ist, werde ich ihn heimlich beobachten lassen und so werde ich das Geheimnis der Dose doch noch erfahren."

Und so geschah es. Eine kleine rußige Fackel erhellte nun die Zelle des Gefangenen und die Wächter durften ihn Tag und Nacht nicht aus den Augen lassen. Der Sohn des Königs wusste, was das zu bedeuten hatte und beachtete zuerst das Kleinod nicht, das der Düsternis seiner Zelle die Schärfe genommen hatte. Schließlich aber konnte er sich nicht mehr zurückhalten und nach einigen Tagen nahm er die Dose seiner Mutter in die Hand und drückte sie an sein Herz. Da traten ihm Tränen in die Augen und zum ersten Mal weinte er. Bilder aus seiner Kindheit stiegen in ihm auf und er sah seine Mutter, die früher so gerne gelacht und gesungen hatte. Doch in den strengen Mauern des Schlosses erstarb ihr Lachen und Singen allmählich. Dann erinnerte er sich an seinen Vater, den er nie lachen, geschweige denn weinen sah. Als Knabe fürchtete er ihn, doch später wollte er so werden wie er, streng, furchtlos und stark. Jetzt saß er auf dem feuchten Strohlager seiner Zelle, hielt das Vermächtnis seiner Mutter in den Händen und schämte sich seiner Tränen nicht. „Danke!" flüsterte er und plötzlich sprang der Deckel der Dose auf. Die Wächter, die dies beobachtet hatten eilten zum Herrscher. Einer aber blieb zurück und beobachtete, was nun weiter geschah. Und er hörte eine wundersame Musik und sah, wie der Jüngling samt der Dose im Boden verschwand, noch bevor der Wächter die Tür des Verlieses öffnen konnte. Als der Herrscher endlich erschien und erfuhr, was geschehen war, raste er vor Zorn. Den Wächtern aber ließ er die Köpfe abschlagen.

Der Jüngling wusste nicht, wie ihm geschah. Er hatte das Gefühl zu träumen und in diesem Traum schwebte er sanft immer tiefer und tiefer. Dann wurde es dunkel um ihn. Als er wieder zu sich kam, fand er sich auf einem weichen Lager wieder. Schöne junge Frauen umstanden und bestaunten ihn. Doch als er sich aufrichtete und sie etwas fragen wollte, liefen sie erschrocken davon und versteckten sich.
Der Sohn des Königs merkte nun, dass er, auf seidene Kissen und Tücher gebettet, am Ufer eines großen Sees lag. Die Landschaft war lieblich und die Luft erfüllt vom Duft vieler Blumen und dem Gesang vieler Vögel. Er glaubte immer noch zu träumen, aber es war kein Traum, denn als er aufstehen wollte, fühlte er sich elend und schwach vor Hunger und Durst und sank wieder in die Kissen zurück. Da gewahrte er eine königliche Frauengestalt, die auf ihn zukam. Uralt erschien sie ihm und doch so jung, streng und doch voll Güte. Sie trat zu ihm hin und sprach:

„Schon seit undenklichen Zeiten haben wir hier kein männliches Wesen mehr gesehen. Sprich, wie kommst du zu uns und was willst du hier!"

Da floss ihm das Herz über und unter Tränen erzählte er ihr von seinem Schicksal. Als er geendet hatte, rief die Frau: „Kommt hervor meine Töchter und pflegt diesen Jüngling, dass seine inneren und äußeren Wunden heilen!" Da kamen die schönen jungen Frauen aus ihrem Versteck hervor und brachten Salben und Kräuter. Sie wuschen und verbanden seine Wunden, die ihm in der Schlacht geschlagen worden waren. Dann brachten sie ihm zu essen und zu trinken und unterhielten ihn mit Singen und Tanzen. Jeden Abend aber kam eine andere an sein Lager und erzählte ihm ein Märchen, bis der wohltätige Schlaf ihn mit sich nahm.

Schließlich waren seine Wunden geheilt. Da erschien wieder die königliche Frau und sprach: „Da deine Wunden nun geheilt sind, musst du wieder in deine Welt zurückkehren."

Der Sohn des Königs erschrak. „Wie könnt ihr von mir verlangen, dass ich dorthin zurückkehre, wo nur ein schmachvoller Tod auf mich wartet!" rief er außer sich.

Streng antwortete die Frau: „Nicht in deines Vaters Schloss sollst du zurückkehren, aber in deine Welt! Denn hier ist das Reich der Unterirdischen und kein Sterblicher darf sich länger darin aufhalten, als bis seine inneren und äußeren Wunden geheilt sind." Und sie überreichte ihm die Dose mit den Diamanten und sprach mit warmer Stimme weiter: „Dies Geschenk der Unterirdischen, das sich seit Generationen im Besitz eures Geschlechtes befindet, soll ihm auch weiterhin dienen. Auch sollst du nicht schutzlos in deine Welt zurückkehren. Wähle aus den Gaben meiner Töchter eine aus und diese wird dein Schutz sein, sobald du eines Schutzes bedarfst." Dann wandte sie sich um und schritt rasch davon.

Im Nu war der Sohn des Königs von ihren Töchtern umringt, die sich weinend von ihm verabschiedeten. Dann breiteten sie ihre Kostbarkeiten vor ihm aus, dass er sich eine davon auswähle. Die Jüngste aber, von Schmerz überwältigt, warf ihren Korb weg, den sie bei sich trug und lief in Tränen aufgelöst davon.

Der Sohn des Königs aber konnte sich nicht entscheiden. Da lagen vor ihm zarte Schleier, glitzernde Diademe und goldene Armreifen. Er fragte die Töchter, ob er denn nicht mehr wie ein Stück mitnehmen könne, aber sie schüttelten nur die Köpfe. Und als er wieder seinen Blick über all die schönen Sachen schweifen ließ, bemerkte er plötzlich den Korb, der wie achtlos weggeworfen, etwas abseits lag. Es war der schöne, kunstvoll geflochtene Korb der Jüngsten, in dem sie ihm immer Früchte, Blumen oder andere Aufmerksamkeiten gebracht hatte. Da wusste er plötzlich, dass er diesen Korb mitnehmen wollte. Er ergriff ihn und sowie er den Korb in seiner Hand hielt, erhob sich ein mächtiges Brausen und Dröhnen, der Jüngling wurde von einem Wirbel erfasst und fort getragen. Ehe er sich's versah, ließ ihn der Wirbel auch schon wieder los und er fand sich am Ufer des Sees wieder. Aber es war nicht der gleiche See. Statt der lieblichen Landschaft sah er nur schroffe Felsen und Geröll. Die Gegend war unwirtlich und karg und ein eisiger Wind blies ihm ins Gesicht.

„Hätte ich nur wärmere Kleidung", dachte sich der Jüngling, der erbärmlich fror. Und schon quoll es aus dem Korb und vor den erstaunten Augen des Jünglings breitete sich ein warmer Mantel aus. Da war er bis in die Seele hinein froh und dankte den Unterirdischen. Was immer er sich wünschte erschien nun in dem Korb, sodass er weder Hunger noch Durst leiden musste.

Nun machte er sich voll Zuversicht auf den Weg nach einer Stadt, um wieder unter Menschen zu kommen. Doch das Land durch das er wanderte, war verwüstet und leer. Als er endlich auf Menschen traf, erfuhr er von ihnen, dass dies das Reich seines Vaters war und dass der siegreiche Herrscher es verwüstet und das Schloss seines Vaters zerstört hatte, ehe er nach dem Verschwinden seines Gefangenen, von Alpträumen geplagt, das eroberte Reich wieder verlassen hatte.

Der Sohn des Königs aber gab sich nicht zu erkennen. Mit dem Korb der Unterirdischen zog er durch das Reich und linderte die Not dort wo sie am größten war. Er ermutigte die Menschen aus ihren Verstecken hervorzukommen und mit dem Wiederaufbau zu beginnen. Unermüdlich reiste er von Norden nach Süden und von Osten nach Westen und wo er hinkam, liefen die Leute zusammen, lauschten seinen Reden und ließen sich Mut machen. Da er nicht nur gute Worte mitbrachte, sondern auch Wagen voll Getreide und Saatgut, wurde er von den Menschen mit großer Achtung empfangen und seine Mühen fielen auf fruchtbaren Boden.

Schließlich gelangte er auch zu seines Vaters Schloss. Es war ein trauriger Anblick, kein Stein stand mehr auf dem anderen und aus den Trümmern ragte verkohltes Gebälk. Lange stand der Sohn des Königs da und betrachtete das Bild der Zerstörung. Wo sollte er nun leben? Kurz streifte ihn der Gedanke, ob es vielleicht möglich war, sich aus dem Korb ein neues Schloss zu wünschen, ließ den Gedanken aber schnell wieder fallen. Mit seinen eigenen Händen wollte er sich aus den Trümmern des Schlosses eine Hütte bauen und darin leben.

Drei Tage arbeitete er unermüdlich und bis zur Erschöpfung, dann hatte er einen Unterschlupf fertig, der entfernt einer Hütte glich. Aber der Jüngling war stolz auf sein Werk, das er mit eigener Kraft geschaffen hatte. Tag für Tag nun räumte er die Trümmer beiseite und fand dabei noch dieses und jenes, was noch gut zu gebrauchen war, bis er schließlich einen ganzen Hausstand zusammenhatte. Als schließlich ein Jahr um war, hatte er aus dem Trümmerfeld alles Brauchbare geborgen und den Rest zu einem kleinen Hügel aufgeschichtet, an dessen Fuß seine Hütte stand, die nach und nach immer wohnlicher wurde.

Die ganze Zeit aber lebte er aus dem Korb der Unterirdischen und dachte immer wieder voll Dankbarkeit an sie und voll Sehnsucht auch an die Jüngste, die ihm besonders ans Herz gewachsen war. Auch an jenem Abend, als das Jahr um war und er vor seiner Hütte saß und seinen Träumen nachhing. Und wie er so an die Jüngste dachte, kam ihm eines der Lieder in den Sinn, die sie vor sich hin gesungen hatte, während sie ihn pflegte. Und plötzlich war ihm, als würde dieses Lied wirklich gesungen! Gesungen von einer hellen, sanften Frauenstimme und als er aufsah, erblickte er eine lichte Frauengestalt, die auf ihn zukam. Es war die Jüngste! Er sprang auf und sie eilte in seine ausgebreiteten Arme. Als sie sich genug geherzt und geküsst hatten, sprach sie zu ihm: „Du hast meinen Korb mitgenommen und ihn zum Segen deines Reiches verwandt. Hättest du aber der Versuchung nicht widerstanden, dir ein Schloss daraus zu wünschen wäre alles vergeblich gewesen. Du hättest dann zwar in einem Schloss gewohnt, doch das Land wäre wieder verwüstet und zerstört worden. So ist nun alles zum Guten geraten und meine Mutter hat mir erlaubt, zu dir zu kommen und mit dir zu leben, denn ich liebte dich vom ersten Augenblick an, an dem ich dich gesehen hatte." Und die Jüngste wurde seine Frau. Am Tag nach der Hochzeit aber erwachte er in einem schönen Palast, der von einem blühenden Garten umgeben war. Und dort lebte er nun mit seiner Frau in Glück und Zufriedenheit. Das Geschenk der Unterirdischen aber hielt er in großen Ehren und vermachte es seiner Erstgeborenen, die es wiederum ihrem Erstgeborenen vermachte.

Und wie gesagt: leider wissen wir von diesem Land nichts mehr, und darum auch nicht, was mit dem Geschenk der Unterirdischen weiter geschah. Diese Geschichte aber wurde weiter und weiter erzählt, so dass sie bis zu mir gekommen ist.

Der Ritter vom ehernen Berg

Zu einer Zeit, in der sich die Menschen auf der Erde immer mehr verbreiteten und die Erdgeister, Feen und Fabelwesen sich nach und nach in immer unwegsamere Regionen zurückzogen, lebte in einem kleinen fruchtbaren Tal eine Bauernfamilie.

Es war die Zeit der Ritter und Könige, in der sich die Machtgier unter den Herrschenden wie eine ansteckende Krankheit verbreitete. Wo früher die Alten und Weisen regierten, setzten sich nun immer mehr machthungrige und abenteuerlustige Könige an die Spitze, die mit Drohungen und Gewalt die jungen Männer aus ihren Familien rissen, um sie zum Kriegsdienst zu zwingen. Sie wurden dann in fremde Länder geschickt, zum Kämpfen, erobern und plündern. Dass viele junge Männer dabei ihr Leben verloren, kümmerte die Herrschenden wenig.

So kam eines Tages ein Trupp des Königs auch in das kleine fruchtbare Tal, um nach kräftigen jungen Männern Ausschau zu halten. Der Bauer hatte drei Söhne, die schon fleißig und geschickt bei der Feldarbeit halfen und zwei Töchter, die mit ihrem Lachen und mit ihren Späßen der Familie viel Freude bereiteten. Der Bauer und seine Söhne pflügten gerade die Felder, als die Schergen des Königs erschienen. Ehe sich's der Bauer versah, war er allein, seine Söhne wurden mit Gewalt weggeführt, denn gegen Schwerter und Lanzen waren sie machtlos. Weinend ging der Bauer nach Hause. Als seine Frau und seine Töchter erfuhren, was geschehen war, weinten auch sie.

Die Söhne des Bauern aber wurden in ein großes Lager gebracht, das unterhalb einer mächtigen Burg, schnell und provisorisch errichtet worden war. Der König, so erfuhren sie, sammelte ein Heer, um gegen einen Ritter zu ziehen, der sich seiner Herrschaft nicht beugen wollte. Dann wurde ihnen, wie den anderen auch, das Sigel des Königs in den Oberarm eingebrannt. Wurde ein junger Mann mit diesem Mal außerhalb des Lagers erwischt, so wurde er ohne Erbarmen getötet. Einige der jungen Männer büßten auf diese Weise ihr Leben ein. Der älteste der Brüder wollte seine beiden jüngeren überreden zu fliehen. Ihm wäre es lieber, von den Häschern des Königs getötet zu werden, als in einem Kampf sein Leben zu lassen, der nicht der seine war. Der Mittlere gab ihm recht, aber der Jüngste bat seine Brüder auszuhalten, denn tot würden sie ihrem Vater nicht mehr helfen können und wer weis, ob ihnen nicht doch eine Lösung einfallen würde. Nach langem Hin und Her versprachen ihm die beiden Brüder endlich, vorerst abzuwarten und noch nicht zu fliehen.

Der Jüngste war klug und wendig und in kürzester Zeit hatte er – frag mich nicht wie – herausgefunden, dass der Kampf gegen einen Ritter geführt werden sollte, der weit und breit als „der Ritter vom ehernen Berg" gefürchtet war. Noch jeder König hatte den Kampf gegen ihn verloren und man sagte dem Ritter nach, dass er über Zauberkräfte verfügen würde.

Als die beiden Älteren dies hörten, wollten sie auf der Stelle fliehen, doch noch einmal gelang es dem Jüngsten, sie davon abzuhalten. Er hatte einen Plan. Er wollte sich dem König als Kundschafter anbieten, der herausfinden sollte, welche Zauberkräfte der Ritter vom ehernen Berg besaß und wie diese zu überwinden wären. Seine beiden Brüder sollten ihn dabei begleiten und so könnten sie im Auftrag des Königs das Lager verlassen und durch das Land kommen.

Der Plan gelang. Geschickt verstand der Jüngste es so einzurichten, dass sich schon bald das Gerücht verbreitete, dass er die Fähigkeit besäße, unbemerkt in die Burg des Ritters einzudringen und dessen Zaubermächte zu bannen. Es dauerte auch nicht lange, da ließ ihn der König zu sich rufen.

„Mir ist zu Ohren gekommen, dass du damit prahlst, den Ritter vom ehernen Berg besiegen zu können!" Der jüngste Bauernsohn verbeugte sich leicht, sah dem Herrscher unerschrocken in die Augen und sagte lächelnd: „Das ist ein Gerücht, mächtiger König. Was ich sagte war nur dies: der König täte gut daran einen verlässlichen Kundschafter in das Land des Ritters zu schicken, damit dieser herausfände, ob der Ritter überhaupt und wenn, welche Zauberkräfte besäße und wie sie zu überwinden wären. Du weißt, wie die Menschen sind, aus einer Mücke machen sie einen Elefanten, aus Zwergen werden Riesen, ich aber bin nur ein namenloser Zwerg."

Dem König gefielen diese Worte und die Unerschrockenheit des Jünglings und so sagte er: „Du gefällst mir und deine Idee ist nicht schlecht. Ich werde dich zu jenem Kundschafter ernennen – aber glaube nicht, mich hintergehen zu können. Du hast zwölf Tage Zeit, um diesen Auftrag auszuführen. Gelingt es dir, so werde ich dich mit Freiheit und reichen Ländereien belohnen, gelingt es dir nicht, so erwartet dich auf jeden Fall der Tod, entweder durch den Ritter, oder durch meinen Henker. Geh nun!"

Doch der Jüngste verbeugte sich wieder leicht und bat: „Der Auftrag ist schwierig, gestattet mir, meine beiden älteren Brüder mitzunehmen, ihr werdet es nicht bereuen!" Der König überlegte kurz, dann willigte er mit einer großzügigen Geste ein: „Dein Wunsch sei dir erfüllt. Doch dann erwartet auch sie das gleiche Schicksal."

Die drei Bauernsöhne bekamen nun gute Pferde und Proviant mit auf den Weg. Als das Lager schon weit hinter ihnen lag sprach der Jüngste zu seinen Brüdern: „Seht zu, dass ihr nun unbemerkt nach Hause kommt, dann könnt ihr dem Vater noch bei der Ernte helfen. Ich aber werde zum Ritter vom ehernen Berg reiten und sehen, was sich tun lässt. Vielleicht kann ich ihn dafür gewinnen, uns und die anderen Bauern dieses Landes von diesem herrschsüchtigen König zu befreien. Einer, der jeder Knechtschaft trotzt, sollte Verständnis für unsere Lage haben. Wir Bauernsöhne wollen nicht für die Machtgier eines Königs unser Leben opfern! Der Ritter vom ehernen Berg sollte nicht die Unschuldigen töten, sondern den Schuldigen!"

Die beiden älteren versuchten ihren Bruder davon abzuhalten, doch vergeblich. Schließlich riefen sie: „Du hast doch gehört, dass der Ritter vom ehernen Berg jeden tötet, der das Mal des Königs trägt, glaubst du, er verschont dich? Wie willst du es schaffen ihn davon zu überzeugen, dass du nicht im Auftrag des Königs kommst?"

„Das lasst nur meine Sorge sein!" antwortete der Jüngste, „wichtig ist, dass ihr dem Vater helft, sonst verdirbt die Ernte und alle müssen hungern. Ich schlage mich schon durch und werde bald bei euch sein, das verspreche ich!"

Den beiden Älteren gelang es nicht den Jüngsten umzustimmen und so machten sie sich allein auf den Heimweg. Unbemerkt von den Häschern des Königs gelangten sie schließlich in ihr Tal. Die Freude der Eltern und Schwestern war groß, als die beiden eines Nachts ans Fenster klopften. Als sie aber hörten, was der Jüngste im Sinn hatte, schwiegen sie bekümmert und beteten, dass auch er heil nach Hause zurückkehren möge. Die beiden Brüder arbeiteten nun des Nachts auf den Feldern und versteckten sich am Tag. Heimlich halfen sie auch bei befreundeten und verschwiegenen Nachbarn aus, deren Söhne ebenfalls weggeholt worden waren. So kam es, dass doch noch der größte Teil der Ernten eingebracht werden konnte und die Bauern keine Not leiden mussten.

Der Jüngste aber erreichte am dritten Tag das Land des Ritters vom ehernen Berg. Es war ein kahles, zerklüftetes Bergland, das aber mächtige Adern von Eisenerz, Kupfer und Silber besaß und deshalb bei den Nachbarkönigen so begehrt war. Doch herrschte der schwarze Ritter über dieses Land, den noch nie jemand von Angesicht gesehen hatte. Von weitem sah ihn manch einer auf schwarzem Pferd und in schwarzer Rüstung dahinfegen, dunkel und düster. Unermüdlich wachte er über die Grenzen seines Landes und tötete unbarmherzig jeden, der diese Grenzen überschritt. Dass dabei Zauberei im Spiel war, lag auf der Hand, da selbst große Heere vernichtet wurden und keiner, der dieses Land betrat, je wieder gesehen wurde.

Der Jüngling stieg vom Pferd und schlug ein Lager auf. Er wollte die Nacht abwarten ehe er über die Grenze ging und sich genau zurechtlegen, wie er es anstellen wollte, vom schwarzen Ritter nicht getötet zu werden, sondern dessen Hilfe zu erhalten. Doch wie sehr er auch überlegte und nachdachte, es fiel ihm nichts ein. Da legte er sich erstmal hin und schlief ein. Mitten in der Nacht weckte ihn das erschrockene Wiehern des Pferdes. Er sprang auf und konnte gerade noch sehen, wie sich das Pferd vor einem schwarzen Schatten aufbäumte, sich losriss und in wilder Angst davon galoppierte. Da klopfte ihm das Herz gewaltig, aber der Schatten verschwand ebenso plötzlich, wie er aufgetaucht war, ohne den Burschen zu beachten. „Das war wohl eine Warnung an mich", dachte der Junge und er merkte, dass es schier unmöglich war, unbemerkt in dieses Land einzudringen. Da war guter Rat teuer. Er hatte nun weder Pferd, noch Proviant, da dieser in den Satteltaschen verstaut war. Doch er sagte sich: „Jeder Morgen bringt eine neue Möglichkeit, wozu sich jetzt schon Sorgen machen", rollte sich wie eine Katze zusammen und schlief wieder ein.

Der Tag begann gerade zu grauen, da weckte ihn ein seltsamer Laut, wie er ihn noch nie vernommen hatte. Vorsichtig blinzelte er in das fahle Dämmerlicht und horchte aus welcher Richtung das Geräusch kam. Er drehte langsam den Kopf dorthin und sah zu seiner Überraschung einen riesigen Vogel hoch oben auf einem Felsen sitzen. Statt des Schnabels hatte er ein Löwenmaul und statt der Klauen mächtige Löwenpranken. Er hatte den Kopf in Richtung Sonnenaufgang gedreht und stieß merkwürdige Laute aus, wie um den beginnenden Tag zu begrüßen. Der Bauernsohn war so gebannt von diesem seltsamen Anblick, dass er die Vorsicht vergaß und sich aufsetzte, um das Tier besser sehen zu können. Da aber hatte es ihn schon erspäht, erhob sich mit mächtigen Schwingen und war in Sekundenschnelle über ihm, packte ihn mit scharfen Zähnen und trug ihn davon. Der Junge verlor vor Angst und Schrecken das Bewusstsein und als er wieder zu sich kam, wunderte er sich, dass er noch am Leben war. Dort, wo die Zähne des Ungeheuers ihre Spuren hinterlassen hatten, brannte es wie Feuer, aber sonst war er heil geblieben.

Doch wo befand er sich? War dies das Nest oder die Behausung des Riesenvogels? Da es dunkel um ihn war, tastete der Jüngste seine nächste Umgebung ab. Er griff in weiches Fell und wunderte sich noch mehr. Zweifelsohne befand er sich auf einem, mit weichen Fellen ausgestattetem Lager. Da hörte er von fern tappende Schritte, die immer näher kamen. Schnell legte er sich wieder hin, um sich schlafend zu stellen, doch entfuhr ihm dabei ein Schmerzenslaut, den er nicht unterdrücken konnte. Da wurden dunkle, schwere Stoffe zur Seite geschoben und herein trat eine alte, weißhaarige Frau, in der einen Hand ein Licht, in der anderen eine dampfende Schüssel. Sie strich ihm behutsam über das Haar, legte ihren Finger an den Mund zum Zeichen, dass er schweigen sollte und begann mit Behutsamkeit seine Wunden zu waschen. Dabei tauchte sie weiche Lappen in die Schüssel und legte sie vorsichtig auf Genick und Rücken des Jünglings. Schon bald hörte das Brennen auf und ein Gefühl wohltuender Geborgenheit umfing ihn. Die Alte summte leise und monoton vor sich hin und ohne es zu merken, war der jüngste Bauernsohn wieder eingeschlafen.

Als er erwachte fühlte er sich erfrischt und gestärkt, wie nach einem sommerlichen Bad unter den Wasserfällen, das er so gerne nahm. Es quälten ihn weder Schmerzen noch Ängste und neugierig sah er sich um. Da sich seine Augen an das Dunkel gewöhnt hatten, konnte er erkennen, dass er sich in einem höhlenähnlichen, in Felsen gehauenen Raum befand, der nach vorne mit schweren, dunklen Stoffen verhängt war. Neugierig schob er den Stoff ein wenig zu Seite und spähte hinaus. Da hörte er auch schon eine freundliche Stimme sagen: „Komm nur heraus. Schon lange habe ich keinen Besuch mehr gehabt. Sicher willst du wissen, wie du hierher gekommen bist!"
Geblendet trat der Jüngling in eine große, helle Höhle, weit offen nach vorn, so dass gleißendes Sonnenlicht hereinstrahlte. Und als er sich an das Licht gewöhnt hatte, blickte er auf das weite, zerklüftete Bergland, das sich in majestätischer Stille bis zum Horizont erstreckte. In einer Ecke, auf weichen Fellen und bunten Webteppichen saß die alte, weißhaarige Frau, lächelte ihn an und winkte ihn zu sich. „Neun Tage lang hast du auf meinem Bett geschlafen, aber die Wunden sind

gut verheilt, nicht einmal eine Narbe ist zu sehen!" sagte sie zufrieden, nachdem sie seinen Rücken begutachtet hatte.

„Neun Tage lang?" fragte der Jüngste erschrocken, dann waren die zwölf Tage also um. „Wie komme ich hierher und wer bist du?" wollte er dann ungeduldig wissen.

Die Alte lächelte und sah ihn aufmerksam an. „Ich bin Uchoka, die Urenkelin von Thorak, dem mächtigsten Bergfürsten vor eurer Zeit. Herrscher über alle Licht- und Schattenwesen und der Hüter der Stille. Sein Wach- und Reittier war der große Gougoul, halb Adler, halb Löwe, der auch mir noch dient. Mittler zwischen den Welten und den Geschöpfen. Er hat dich etwas unsanft hierher gebracht, aber sei es zufrieden, die Wunden sind verheilt und dies ist immer noch besser als vom vergifteten Pfeil des schwarzen Ritters getroffen zu werden."

„Woher weißt du ...?" wollte der Jüngling erstaunt wissen, aber die weißhaarige Frau schnitt ihm wieder das Wort ab. „Gougouls Augen sind wachsam! Ihm entgeht nichts, was in diesen Bergen geschieht. Doch hat er das unterscheidende Auge und weiß, wann sich einer aus Habgier und Machtgelüsten diesen Bergen nähert und wann ein Hilfesuchender. Die Hilfesuchenden bringt er zu mir, die anderen überlässt er dem schwarzen Ritter. Auch er ist mein Diener und bewacht dies Land! Du wolltest von ihm Hilfe erbitten gegen euren macht- und habgierigen König, der euch mit Gewalt zum Kriegsdienst zwingen will. Er sammelt ein Heer, um dieses Land zu erobern!" Bei diesen Worten war die Greisin aufgesprungen, ihre Augen wurden hart. „Keiner!" so donnerte sie mit funkensprühenden Augen, „keiner wird in dieses Land eindringen, der nur einen Funken von Macht- und Habgier in seinem Herzen hat!" Und vor den fassungslosen Augen des Bauern- sohnes wuchs die Alte zur Ehrfurcht gebietenden Größe.

Sie trat vor die Höhle. Diese erbebte unter ihren Schritten und die Sonne verdunkelte sich. Ihr weißes Haar umlohte sie wie ein Strahlenkranz und ihre Stimme rauschte wie ein Gewitterregen als sie mit weit ausgebreiteten Armen rief: „Dieses Land steht unter meinem Schutz und wehe dem Frevler, der es unterjochen und berauben will!" Nach diesen Worten schrumpfte sie wieder auf ihre vorige Größe und wandte sich dem Jungen zu.

„Du bist ein seltener Gast. Es ist schon einige hundert Jahre her, dass sich ein Hilfesuchender an mich gewandt hat. Und du bist nicht umsonst gekommen, sieh!" Der Jüngste trat zur Alten hinaus und sein Blick folgte ihrem ausgestreckten Finger. Sie deutete auf einen dunklen, ehernen Berg und am Fuße des Berges tat sich in diesem Augenblick ein hohes, eisenbeschlagenes Tor auf. Ein gewaltiges Heer strömte heraus, schwarz glänzten die Rüstungen der Reiter in der Sonne und schwarz waren die Pferde auf denen sie ritten.

„Dieses Heer führe gegen den König und befreie dein Land von ihm!" sprach die Greisin mit uralter Stimme.

„Aber wie kann ich gegen meine Leidensgefährten ziehen, die wie ich und meine Brüder zum Kriegsdienst gezwungen wurden?" fragte der Junge bekümmert.

Da huschte es wie Sonne über das Gesicht der Alten als sie antwortete: „Keine Angst! Deinen Leidensgefährten wird nicht ein Haar gekrümmt. Sie werden nicht einmal Zeit haben, zu den Waffen zu greifen, da ist euer König schon gefangen und entmachtet." Dann reichte sie dem Bauernsohn eine kleine silberne Pfeife an einem silbernen Kettchen und sprach: „Nimm diese Pfeife und verwahre sie wohl. Solltest du eines Tages wieder meiner Hilfe bedürfen, so blase darauf und meine Diener werden zur Stelle sein! Geh nun und tue deine Pflicht!"

Der Jüngste, keiner Worte mächtig, wollte schon losstürzen, da hielt ihn die Greisin mit schelmischem Augenzwinkern zurück. „Zu Fuß wirst du nicht weit kommen!" Und sie schnalzte kurz mit den Fingern, da saß der verdutzte Jüngling auf einem herrlichen Rappen und eine schwere, schwarze Rüstung umfing ihn mit eisernem Griff. Auch das funkelnde Schwert in seiner Hand, die bis jetzt nur Pflug und Rechen geführt hatte, war ungewohnt. Doch die Macht, die in diesem Augenblick lag, riss ihn mit sich und er preschte los, den schwarzen Reitern entgegen. An dessen Spitze führte er das Heer nun zu der mächtigen Burg. Die Wachen konnten nicht einmal zum Angriff blasen, schon war die Burg erstürmt und der König gefangen genommen. Dann, als wäre ein böser Spuk zu Ende, waren plötzlich die schwarzen Reiter samt dem machtgierigen König verschwunden.

Auch sein Rappe und die schwarze Rüstung, die ihn gerade noch umfangen hatte, waren in diesem Augenblick verschwunden und der jüngste Bauernsohn stand in seiner gewohnten Kleidung da und schaute sich verwirrt um. Langsam und vorsichtig drängte alles Volk herbei, die Wachleute und Bediensteten, die Waschfrauen und Köchinnen und zuletzt alle jungen Burschen aus dem Lager. Und der Jüngste erzählte mit lauter Stimme, was geschehen war, rief ihnen zu, dass sie nun alle frei wären und zu ihren Familien, in ihre Häuser und Täler zurückkehren könnten. Da riefen alle durcheinander, fielen sich um den Hals und konnten es kaum fassen.

Der Jüngste verschaffte sich noch einmal Gehör und rief: „Unser Land braucht keinen Herrscher, wir regieren uns selbst. Nie wieder werden unsere Hände Waffen schmieden, noch welche führen. Und sollte es einem Herrsch- und Machsüchtigen jemals wieder einfallen uns unterjochen zu wollen, so holt mich und wir werden uns mit Hilfe des Ritters vom ehernen Berg von ihm befreien! Dabei griff er nach der kleinen silbernen Pfeife, die um seinen Hals hing.

Dann ging er nach Hause, als ob nichts geschehen wäre. Und bis zum heutigen Tag ist es keinem machtgierigen Herrscher mehr gelungen, dieses Land zu erobern.

Die Alte

Die heilkundige Alte

Es war einmal – und keiner wusste, wie lange das schon her war, da lebte in einer kleinen Hütte am Rande eines Dorfes eine alte Frau. Sie hatte vor der Hütte einen kleinen Garten, in dem sie mit viel Liebe allerlei Gemüse und Blumen in den herrlichsten Farben zog. Mit besonderer Sorgfalt aber widmete sie sich ihrem Kräuterbeet, das sie wie ihren Augapfel hütete. Die Dorfbewohner kannten diese Alte seit sie sich zurückerinnern konnten und manch einer fragte sich, wie alt diese Frau wohl sein mochte. Da sie heilkundig war und aus ihren Kräutern die besten Arzneien zuzubereiten wusste, war sie geehrt und geachtet und wurde immer gerufen, wenn im Dorf jemand krank wurde, egal ob an Leib oder Seele. Auch wenn Haustiere erkrankten, oder Pflanzen ihre Köpfe hängen ließen, rief man nach der Alten und nicht umsonst. In den meisten Fällen konnte sie helfen und wenn sie ernst den Kopf schüttelte, wusste man, dass hier der Tod mächtiger war als aller Menschenwille und alle Menschenkunst. Und sie blieb bei dem oder der Tod-geweihten bis die Seele den Körper verließ, erleichterte Schmerzen, wo diese unerträglich wurden und milderte die Angst vor dem Tod, wo diese zu groß war. Und schließlich wurde sie auch geholt, wenn Frauen in die Wehen kamen und die Geburt eines Kindes bevorstand.

Einmal nun kam eine junge Frau in das Dorf. Keiner wusste, woher sie kam und warum sie sich in diesem Dorf niederließ. Aber da sie geschickt und fleißig war, wurden ihre Dienste gerne in Anspruch genommen. Bald war sichtbar, dass die junge Frau schwanger war und als ihre Niederkunft kurz bevor stand, ging sie zur Alten. Diese nahm die junge Frau gerne bei sich auf und half ihr bei der Geburt. Dann umsorgte sie die Wöchnerin als wenn es ihre eigene Tochter gewesen wäre. Doch als die Woche um war, wickelte die junge Frau den Säugling in ein warmes Tuch, bedankte sich bei der Alten und wollte gehen.

Die Alte aber sprach: „Ich weiß, was dich weitertreibt, aber warte einen Augenblick, ich möchte dir etwas mit auf den Weg geben, was dir von Nutzen sein könnte!" Und sie verschwand kurz in ihrer Küche und kam gleich darauf mit einem kleinen Bündel wieder. Sie reichte es der jungen Frau mit den Worten: „Du wirst darin eine kleine Spieldose finden, die dir hilft, wenn du nicht mehr weiter weißt, auch eine Mütze mit magischer Kraft ist darin, die dich und dein Kind verbergen kann, wenn du in Gefahr bist. Aber setze diese Zauberdinge mit Bedacht ein, denn ihre Wirkung ist nur von begrenzter Dauer!" Dann segnete sie die junge Frau und deren Tochter und ließ sie ziehen. Die junge Frau ging schnell davon.

In ihren glücklichen Tagen war sie mit dem Sohn eines reichen Kaufmanns verheiratet gewesen. Diesem Kaufmann gehörten große Ländereien, so auch ein liebliches Gebirgstal. Vor Jahren kam sein Sohn einmal in dieses Tal und fand im Geröll, am Fuße eines großen Berges einen glänzenden Stein. Es war Gold. Da wollten Vater und Sohn noch mehr und ließen einen tiefen Stollen in den Berg treiben. In dem einst so ruhigen Gebirgstal hallte nun der Lärm der Bergleute wider und erzürnte den Berggeist, der über dieses Gebiet wachte. Er polterte und rumorte in dem Berg so lange, bis der ganze Stollen schließlich einstürzte. Die Bergleute konnten sich noch rechtzeitig in Sicherheit bringen, Vater und Sohn aber rannten wie besessen in den einstürzenden Stollen, um ihr Gold zu retten – und wurden darin begraben. Die junge Frau saß tagelang von den Trümmern und weinte um ihren Mann und ihren Schwiegervater. In der dritten Nacht aber erschien der Berggeist vor ihr und verlangte zur Sühne für den Frevel, den die beiden Männer begangen hatten auch noch das Kind, das sie seit kurzem unter ihrem Herzen trug. In ihrer Angst versprach sie es ihm, aber tief in ihrer Seele wusste sie, dass sie es ihm nie geben würde. Und so zog sie fort und wanderte weiter und immer weiter, in der Hoffnung, dem Berggeist zu entkommen. Doch nirgends fand sie Ruhe, immer wenn sie sich wo niederließ, hatte sie das Gefühl, er könnte sie dort finden.

Und so war es auch bei der Alten. Seit das Kind da war hatte sie keine ruhige Minute mehr. Es trieb sie wieder fort, obwohl sie für ihr Leben gerne geblieben wäre. Und so zog sie wieder weiter. Immerhin, das Geschenk der Alten spendete ihr ein wenig Trost.

Eines Tages kam sie an eine Weggabelung und konnte sich nicht entscheiden, welchen Weg sie nehmen sollte. Der nach links führte in einen dichten dunklen Wald, der nach rechts in eine steinige, unwirtliche Gegend. Und da ihr keiner der beiden Wege gefiel und sie nicht mehr weiter wusste, wollte sie schon die Spieldose hervorholen. Doch da sah sie am Horizont der steinigen und unwirtlichen Gegend Rauch aufsteigen und dachte: „Vielleicht ist dort ein Haus, in dem ich ein Lager für die Nacht finden kann?" Also nahm sie diesen Weg und erreichte bei Einbruch der Dunkelheit eine kleine Hütte.

Die Tür stand einladend auf und die junge Frau trat ein. Da saß am Herd ein uraltes Mütterchen und sprach sie freundlich an: „Komm nur herein mein Kind, es wird dunkel draußen und kalt. Kannst dich wärmen hier und auch ein Bett für die Nacht bekommen."

Froh bedankte sie sich und folgte ihr in eine kleine Kammer. Sie versorgte noch ihr Kind und fiel dann augenblicklich in einen tiefen Schlaf. Plötzlich erwachte sie, denn ihr Kind weinte. Aber sie befand sich nicht mehr in dem Bett, in dem sie eingeschlafen war, sondern auf einem harten Steinboden in einem dunklen, kalten Raum. Dann hörte sie, wie jemand kam und tastete schon nach der Mütze, besann sich dann aber und dachte: „Auch wenn meine Angst noch so groß ist, will ich wissen wo ich bin und wie ich hier her gekommen bin."

Mit einem Mal wurde es hell in dem Raum und der Berggeist stand vor ihr. Er musterte sie mit einem kalten, bösen Blick und sagte ohne Mitleid: „Da du nicht bereit warst, den Frevel deines Mannes wieder gut zu machen, indem du mir sein Kind überlassen hättest, sollst du nun gemeinsam mit deinem Kind hier sterben."

Die Frau flehte um ihrer beider Leben, aber der Berggeist wandte sich ungerührt ab und verschwand. Ein Donnern und Poltern folgte, so dass der ganze Raum erbebte und der jungen Frau war, als würde sie unter einem ganzen Berg begraben.

Da nun das Unausweichliche geschehen war, wurde sie ruhig. Wenigstens hatte er ihr das Kind nicht weggenommen. Sie legte es an die Brust, um es zu stillen und zu wiegen. Dann holte sie die Spieldose hervor, vielleicht konnte diese wenigstens helfen, die Kälte und Dunkelheit aus ihrem Herzen zu vertreiben.

Sie öffnete den Deckel und kaum erklangen die ersten Töne, tat sich vor ihr der Felsen auf und sie konnte ins Freie treten. Schnell setzte sie sich die Mütze auf, denn schon hörte sie schwere, polternde Schritte hinter sich. Der Berggeist hatte ihre Flucht bemerkt und einen seiner schrecklichen Trolle geschickt, sie zu suchen. Als dieser aber nichts fand, kam der Berggeist selbst. Die junge Frau verging fast vor Angst, dass die Zauberkraft der Mütze sie nicht vor seinen Blicken verbergen könnte. Aber die Mütze tat ihre Wirkung und auch der Berggeist konnte die beiden nicht finden. In seiner Wut warf er schwere Felsbrocken um sich, doch wie ein Wunder, blieben Mutter und Kind unter dem Schutz der Mütze unverletzt. Endlich aber verschwand der Berggeist und es wurde still. Ängstlich wartete sie noch einige Zeit, bis sie es endlich wagte, weiter zu gehen. Erst als ihr das Tal und die Gegend vertraut vorkamen setzte sie die Mütze ab. Und da erkannte sie in einiger Entfernung das Haus der Alten und ihr Herz machte einen Sprung. Sie klopfte an die Tür und als die Alte öffnete, wusste die junge Frau, dass alles gut war.

Schon bald hatte sie unter der Obhut der heilkundigen Alten den Schrecken überwunden und fasste immer mehr Vertrauen, denn die Alte sagte ihr wieder und wieder: „Der Berggeist kann nur so lange Macht über dich haben, so lange du Angst vor ihm hast." Dann lächelte sie jedes Mal und versicherte der jungen Frau: „Außerdem kann er meinen Bannkreis nicht überschreiten."

Die junge Frau blieb und wurde eine gelehrige Schülerin der Alten und als diese starb, da war sie selbst schon alt. War geehrt und geachtet im ganzen Dorf und wurde gerufen, wenn im Dorf jemand krank wurde, egal ob an Leib oder Seele. Auch wenn Haustiere erkrankten, oder Pflanzen ihre Köpfe hängen ließen, rief man nach ihr und nicht umsonst. In den meisten Fällen konnte sie helfen und wenn sie ernst den Kopf schüttelte, wusste man, dass hier der Tod mächtiger war als aller Menschenwille und alle Menschenkunst. Und sie blieb bei dem oder der Todgeweihten bis die Seele den Körper verließ, erleichterte Schmerzen, wo diese unerträglich wurden und milderte die Angst vor dem Tod, wo diese zu groß war. Und schließlich wurde sie auch geholt, wenn Frauen in die Wehen kamen und die Geburt eines Kindes bevorstand.

Ihre Tochter aber lernte ebenfalls die Heilkunst, die sie an ihre Tochter wieder weitergab – und wer weiß, vielleicht lebt die Tochter der Tochter der Tochter noch heute in diesem kleinen Haus am Rande eines Dorfes, zieht in ihrem Garten mit viel Liebe allerlei Gemüse und Blumen in den herrlichsten Farben und hütet das Kräuterbeet wie ihren Augapfel!

Das Medaillon

Ein Waisenkind irrte verloren durch die Straßen der großen Stadt. Aber die Herzen der Menschen waren verschlossen und keiner bemerkte das Kind. Da ging es hinaus aus der Stadt, ging und ging, bis es zu einer schönen Wiese kam. Und mitten in der Wiese stand ein blühender Apfelbaum. So etwas Schönes hatte das Kind noch nie gesehen und so stand es nur da und staunte. Dann aber lief es zu dem Apfelbaum hin und setze sich darunter. Die Bienen summten, die Vögel zwitscherten und das Kind schlief ein.

Anna, so hieß das Waisenkind, wurde plötzlich aufgeweckt. Jemand zupfte an seinem Ärmel und sprach: „He, kleine Prinzessin, Zeit zum Heimgehen bevor es dunkel wird."

„Ich hab kein Zuhause!" antwortete das Mädchen, rieb sich den Schlaf aus den Augen und sah hoch. Da stand eine alte Frau vor ihm. Oh wie viele Runzeln hatte sie im Gesicht, oh wie krumm war sie.

„So, so, hat kein Zuhause, das Kind", murmelte die Alte, „dann kommst du eben mit mir. Hab nicht viel, aber ein Bett für dich allemal und ein Stück Brot und einen Apfel auch."

Gerne kam Anna mit, wo hätte sie auch sonst hinsollen.

Am Rande der Wiese, versteckt in einem verwunschenen Garten stand das Häuschen der Alten. Anna lebte nun bei ihr und ging ihr gern zur Hand. In ihrer Erinnerung verblasste die große Stadt und auch die Mutter und der Vater und Anna nannte die Alte Großmutter.

Im Haus der Alten wuchs nun eine schöne Jungfrau heran. Aber Anna wusste es nicht, denn Spiegel gab es keinen und wenn sie sich über den Brunnen im Garten beugte, hielt das Wasser nie still und sie sah nur ein verzerrtes Abbild ihrer selbst.

Eines Tages rief die Alte Anna zu sich und bat: „In der Stadt ist wieder Jahrmarkt, bisher bin ich immer hingegangen, aber diesmal fühl ich mich nicht wohl, bin schon zu alt, geh du und verkaufe meine Äpfel auf dem Markt und bringe Mehl und noch dies und das mit, ich hab dir's aufgeschrieben." Dann richtete sie den kleinen Handwagen her, belud ihn mit den Äpfeln, gab Anna ihren Segen und schaute ihr nach, bis sie in der Ferne verschwand. Bekümmert ging sie in die Stube zurück.

Der Tag war schön, die Sonne schien und der Herbst spielte mit allen Farben. Fröhlich ging Anna dahin und wurde immer neugieriger auf die Stadt, je näher sie kam. Sie hatte keine Erinnerung mehr an das Leben in der Stadt und so war sie nicht vorbereitet auf den Trubel und den Lärm dort. Am wenigsten aber auf die vielen Menschen, die an ihr vorbeihasteten. Und je weiter sie in die Stadt hineinging, desto verlorener kam sie sich vor. Plötzlich wusste sie, dass sie dieses Gefühl schon kannte. Am liebsten wäre sie wieder zurückgegangen, aber sie wollte die Alte nicht enttäuschen und ohne all die Sachen zurückkommen, die nun einmal gebraucht wurden.

Schließlich erreichte sie den Jahrmarkt und fand auch den Platz, den ihr die Alte beschrieben hatte, der Platz an dem diese immer stand und ihre Äpfel verkaufte. Nun stand Anna da und war schon bald umringt von Menschen. Viele fragten nach der Alten, und Anna gab Auskunft so gut sie konnte. Sie hatte nicht erwartet, dass ihre Großmutter in der Stadt so bekannt war. Schnell hatte sie die Äpfel verkauft und wollte nun die Besorgungen machen, die ihr die Alte aufgetragen hatte. Sie schlenderte über den Jahrmarkt und es wurde ihr ganz schwindlig von all den vielen Leuten und den vielen Sachen und sie wusste gar nicht, wo sie zuerst hinschauen sollte. Dann aber wurde ihre Aufmerksamkeit von einer Menschentraube angezogen, die um einen Gaukler herumstand. Auch Anna gesellte sich dazu und konnte sich langsam zu einem Platz vordrängen, an dem sie gut sehen konnte. Die Späße und Kunststücke, die dieser vollführte brachte auch sie zum Lachen und sie vergaß die Zeit. Dann aber fiel ihr plötzlich ein, dass sie ja noch die Besorgungen machen musste und spütete sich, die Sachen einzukaufen, die auf dem Zettel standen. Aber als sie beim ersten Stand bezahlen wollte und in ihre Tasche griff, bekam sie einen großen Schrecken, denn der Geldbeutel war nicht mehr dort. Sie suchte und suchte, konnte ihn aber nirgends finden. Sie lief wieder zurück zu dem Platz, an dem der Gaukler war, vielleicht war er ihr ja heraus gefallen. Aber der Gaukler war fort und die Menschen hatten sich verstreut. Kein Geldbeutel lag auf dem Boden. Anna wusste nicht, was sie tun sollte. Wie konnte sie mit leeren Händen nach Hause gehen und der Alten gestehen, dass sie das Geld verloren hatte. Und während sie so dasaß und den Kopf hängen ließ, zupfte sie jemand am Ärmel. Sie sah hoch und da stand der Gaukler vor ihr. Im ersten Moment glaubte sie voller Freude, dass er vielleicht den Geldbeutel gefunden hatte und ihn ihr zurückgeben wollte. Aber er wollte nur wissen, weshalb sie so traurig dasäße und ob er ihr helfen könne. Da erzählte Anna von ihrem Missgeschick. Der Gaukler sah sie nachdenklich an und sprach: „Vielleicht weiß ich jemand, der dir helfen kann, komm mit!" und erfreut folgte ihm Anna.

Er führte sie durch ein Gewirr von engen Gassen, bis Anna jede Orientierung verloren hatte. Dann kamen sie zu einem heruntergekommenen Haus und der Gaukler öffnete eine quietschende Tür. Er bedeutete Anna einzutreten und obwohl ihr nicht wohl zumute war, ließ sie sich nichts anmerken und trat ein. Und sie betrat eine Welt voller Elend und Schmerz.

„Was hast du denn da Feines mitgebracht", rief eine keifende Frauenstimme und aus einem übel riechenden Raum kam ein hässliches, schmutziges Weib, das mit verkrüppelten Händen nach Anna griff. „Ich hoffe, das war nicht der einzige Fang, den du heute gemacht hast!"

Der Gaukler zog aus seinem weiten Gewand einige Geldbeutel hervor, große, prall gefüllte und kleine, dünne. Auch der ihre war dabei. Anna konnte es nicht fassen. Sie schrie auf und wollte ihm den Geldbeutel entreißen, aber er schlug sie so heftig, dass sie bewusstlos niederfiel.

Nun begann eine schlimme Zeit für Anna. Anfangs wehrte sie sich noch und wollte fliehen, aber es gab keine Möglichkeit zu entkommen. Das Haus, in das sie geraten war, war nicht nur eine Räuber- und Diebeshöhle, sondern auch ein Umschlagplatz für Mädchenhandel. Und da Anna sehr schön war, wurde sie bald verkauft. Ihr Körper war zur Ware geworden. Vor Scham wollte sie sterben.

Aber so leicht stirbt sich's nicht wenn man jung ist. In irgendeinem Winkel ihres Herzens regte sich noch immer eine Hoffnung, aus diesem Elend wieder heraus zu kommen. Und wo auch nur ein Funken Hoffnung ist, gibt es einen Weg.

Eines Nachts, als sie vor Kummer wieder nicht einschlafen konnte, hielt sie sich, wie schon so oft, an dem kleinen Medaillon fest, das ihr die Alte geschenkt hatte, als aus dem Mädchen eine Frau geworden war. „Es ist ein altes Familienstück und wurde immer von Mutter an Tochter weitergegeben", hatte sie gesagt, „aber da ich keine Kinder habe, sollst du es bekommen, bist mir ja lieb wie ein eigenes Kind! Das Bild einer alten Ahnfrau ist darin, die schon lange vor meiner Zeit gestorben war." Seither trug Anna das kleine Medaillon um den Hals und hatte noch nie den Gedanken gehabt, es aufzumachen und hineinzuschauen.

In dieser Nacht aber hatte sie das Gefühl, als flüstere ihr jemand zu, sie solle es doch endlich öffnen. Ihre Finger tasteten nach dem Verschluss und schon sprang es auf. Plötzlich saß eine uralte Frau neben ihrem Bett und legte ihr sacht den Finger auf den Mund, denn beinahe hätte Anna laut aufgeschrieen.

„Vor mir brauchst du dich nicht fürchten", sagte sie leise, dann schaute sie sich um und sprach weiter: „Ist ein schlimmer Ort hier, willst wohl fort?" Anna nickte, sie war noch nicht fähig ein Wort zu sagen. „Gut, gut, wenn du genau tust, was ich dir sage, wird's dir wohl gelingen."

Und sie erklärte Anna, was sie tun müsse, um von hier weg zu kommen, dann war sie ebenso plötzlich wieder weg. Anna wusste nicht, ob sie wachte oder träumte. Aber vielleicht war's wirklich und kein Traum. Sie stand auf und tat, was die Alte ihr geraten hatte.

Sie nahm ihr Medaillon ab, ging damit zu einem alten fast blinden Spiegel, der in der schmutzigen Toilette hing, die draußen auf dem Flur war, legte das Medaillon fest an das Glas und öffnete es. Da tat sich eine Tür auf und ohne lange zu überlegen trat Anna durch diese Tür, die sich hinter ihr lautlos schloss und wieder nur ein alter Spiegel war.

Vor ihr aber öffnete sich ein Gang. Lange lief sie durch diesen Gang, aber je länger sie lief, desto niedriger wurde er, bis sie schließlich nur noch kriechend weiter kam. Das Herz pochte ihr wild bei dem Gedanken, sie könnte vielleicht darin feststecken und nicht mehr weiterkommen, aber die uralte Frau hatte ihr gesagt, dass sie nur nicht verzagt sein dürfe, dann käme sie schon durch. Und so hielt sie immer kurz an, wenn die Angst in ihr hochsteigen wollte und umklammerte das Medaillon, wartete bis die Angst verging und kroch wieder weiter. Dann war der Gang zu Ende. Aber es gab keine Tür am Ende dieses Ganges. Das hatte ihr die Alte nicht gesagt. Wieder schlug ihr das Herz bis zum Hals. Was tun? Es musste doch einen Ausweg geben! Anna überlegte: mit dem Medaillon war sie in den Gang gekommen, mit ihm müsste sie ihn auch wieder verlassen können. Aber wo war ein Spiegel? Und in dem Moment, wo sie sich das fragte, blickte sie direkt hinein und der Spiegel zeigte ihr das Bild einer wunderschönen Jungfrau. War sie das wirklich? Aber sie hielt sich nicht lange mit dieser Frage auf, drückte das Medaillon fest an das Glas und öffnete es. Da tat sich wirklich eine Tür vor ihr auf und Anna trat hinaus. Sie trat aus einem blühenden Apfelbaum heraus und sofort war die Tür darin wieder verschwunden.

Diesen Apfelbaum kannte sie, auch die blühende Wiese und froh lief sie zum Häuschen der Alten, die sie Großmutter nannte. Und die Alte wartete schon auf sie und nahm sie liebevoll in die Arme.

Es dauerte eine ganze Zeit, bis die Schrecken der vergangenen Erlebnisse immer mehr verblassten, wie eine Narbe, die nur noch ganz fein zu sehen war. Dann, eines Tages, zeigte ihr die Alte eine neue Tür, die die junge Frau in diesem wundersamen Häuschen früher nie gesehen hatte und sprach: „Bei mir wirst du immer Zuflucht finden, wenn es nötig ist, aber jetzt wird es Zeit für dich, dir ein eigenes Zuhause zu schaffen. Und Anna öffnete diese Tür und voller Zuversicht betrat sie den Weg, der sich vor ihr auftat. Und was soll ich sagen, sie fand eine Arbeit, die ihr lag und bald auch eine Wohnung. Vielleicht hat sie auch geheiratet und Kinder bekommen, denen sie dann ganz sicher die Geschichte von der Alten und dem Medaillon erzählt hat.

Jakob auf Wolkenflügel

In einer großen Stadt lebte vor Zeiten ein reicher Kaufmann mit seiner Frau. Die Geschäfte gingen gut und der Kaufmann wusste immer seinen Vorteil zu wahren. Zwei Kinder hatten sie. Eine Tochter und einen Sohn. Die Tochter war ein liebreizendes Ding und wurde von ihrem Vater vergöttert. Den Sohn vergaß er oft, denn der war immer blass und kränklich. Dafür wurde dieser von der Mutter umhegt und verwöhnt und sie war ängstlich darauf bedacht, alle Aufregungen von ihm fernzuhalten.

Die Zeit verging. Die Kinder wuchsen heran. Die Tochter war bald das schönste Mädchen in der Stadt und alle Herzen flogen ihr zu. Bei keinem Tanz, bei keinem Fest fehlte sie. Stets war sie von einer Schar junger Männer umringt, die sich um ihre Gunst bemühten. Sie aber trieb ihren Spaß mit ihnen, wie ein Kind, das sich über schönes Spielzeug freut.

Der Sohn Jakob, wuchs zu einem stillen, blassen Jüngling heran, der am liebsten im Garten saß und den Wolken nachträumte. Oft versuchte seine Schwester ihn zu bewegen, doch mit ihr auf ein Fest, auf einen Tanz zu gehen, aber er wollte nicht. Das laute, bunte Treiben und die vielen Menschen verwirrten und ängstigten ihn. Oft, wenn der Vater seinen Sohn so verloren und träumend im Garten sitzen sah, geriet er in heftigen Zorn und machte seiner Frau die größten Vorwürfe, dass sie das Kind zu sehr verwöhne. Wie sollte dieser Träumer jemals ein Geschäft führen können! Und seine Frau wusste nichts zu sagen, zog sich seufzend in ihr Zimmer zurück und machte sich große Sorgen um die Zukunft ihres Sohnes.

Gerade zu der Zeit passierte dann das große Unglück. Der Laden des Kaufmanns wurde ausgeplündert und niedergebrannt. Das war ein schwerer Verlust, von dem sich der Kaufmann nicht mehr erholte. Auch seine anderen Geschäfte gingen von da ab immer schlechter und nach kurzer Zeit war das ganze Vermögen des Kaufmanns dahin. Immer wieder versuchte er neuen Fuß zu fassen, aber er trug sich nur Schulden ein und jede Anstrengung war umsonst. Seine Frau aber wurde vor Kummer krank und starb.

Nach dem Begräbnis, erschien plötzlich ein großer stattlicher Herr bei den Trauernden. Er bat den Kaufmann um ein Gespräch unter vier Augen und ohne große Umschweife erklärte der Fremde, dass er ihm wieder zu Reichtum und Ansehen verhelfen könne, wenn er ihm seine Tochter zur Frau gäbe. Der Kaufmann wusste nicht, was er davon halten sollte und bat sich Bedenkzeit aus. Der Fremde aber sprach: „Ihr müsst euch jetzt und hier entscheiden, ruft eure Tochter her!" Und die Tochter, Armut nicht gewohnt, willigte sofort in die Heirat ein.

Der stattliche Fremde holte nun Brautkleid und Ringe hervor und noch am selben Tag fand die Hochzeit statt. Regina, so hieß die Tochter des Kaufmanns, war wohl die schönste Braut, die die Stadt je gesehen hatte. In ihrem Hochzeitskleid und dem wertvollen Geschmeide sah sie aus wie eine Königin. Und als eine solche fühlte sie sich auch. Nach den Entbehrungen der letzten Zeit genoss sie den Glanz und die Pracht und vergaß darüber den Tod ihrer Mutter und den bevorstehenden Abschied von Vater und Bruder. Als der Fremde zum Aufbruch drängte, sagte sie den beiden nur kurz Lebewohl, stieg in den Wagen ihres Ehemannes und wurde nie wieder gesehen.

Die erste Zeit machte sich der Kaufmann keine Gedanken um seine Tochter. Der Fremde hatte Wort gehalten und ihm eine große Truhe mit Geld und andere Schätze gebracht. Bald stand er wieder im Ansehen und saß mit den Reichsten wieder an einem Tisch. Ab und zu kam ihm seine Tochter in den Sinn und er fragte sich, warum sie nichts von sich hören ließ. Und wenn er dann seinen Sohn ansah, verlor er die Hoffnung, dass aus dem stillen Träumer eines Tages doch noch ein brauchbaren Geschäftsmann werden würde, denn seit die Mutter tot und die Schwester fort war, zog sich Jakob noch mehr zurück.

Als die Jahre verstrichen und Jakob noch immer nichts von seiner Schwester gehört hatte, machte er sich Sorgen um ihr Schicksal. Er bekam große Sehnsucht nach ihr und hätte alles darum gegeben, zu erfahren wo sie geblieben war.
Einmal machte er sich wieder auf den Weg aus der Stadt, um seinen Lieblingsplatz aufzusuchen. Dort am Waldrand, wo das Gras kürzer wuchs und die Blumen und Kräuter stärker dufteten legte sich Jakob gerne hin, blickte über wogende Kornfelder in den Himmel und überließ sich dem Wind und dem Spiel der Wolken. Hier konnte er auch weinen um den Verlust der Mutter und dem seiner Schwester, die früher immer Leben in seine stille Welt gebracht hatte.

Wie er nun wieder einmal so dalag und sich seinen Träumen hingab, fühlte er sich plötzlich leicht wie eine Feder, vom Wind erfasst und fort getragen. Hoch in die Wolken trieb es ihn und mit ihnen zog er über das Land dahin. Im Spiel von Licht und Schatten wechselte die Landschaft unter ihm ihr Gesicht. Er flog über sanfte Hügel, weite Ebenen, karge Steppen, ausgedehnte Wälder und felsige Hochebenen dahin. Dann sah er am fernen Horizont ein hohes Gebirge aufragen. Die Wolken flogen darauf zu, wurden immer dichter und dunkler und Jakob wurde ordentlich durchgeschüttelt. Nein! in ein Gewitter wollte er nicht kommen, Jakob bekam Angst und sehnte sich zurück zu seiner Wiese. In dem Moment zuckte ein Blitz auf und in seinem grellen Licht erblickte Jakob tief unter sich in einem kargen Felsental seine Schwester.
Jäh krachte der Donner und Jakob verlor das Bewusstsein. Als er wieder zu sich kam, lag er am Waldrand auf seiner Wiese und die Wolken zogen ihre Bahn, als wäre nichts geschehen. Verwirrt stand er auf und machte sich auf den Heimweg. Hatte er geträumt? Lebte seine Schwester wirklich so armselig dort in dem Gebirge? Das Bild ließ ihn nicht mehr los. Er wurde wieder krank, lag tagsüber apathisch in

seinen Kissen, nachts aber plagten ihn schwere Albträume. So verging der Sommer. Der Herbst kam und machte dem Winter Platz. Mit dem Frühling aber erwachten auch seine Lebensgeister wieder, doch es dauerte noch eine Weile bis er fähig war, seinen Lieblingsplatz am Waldrand aufzusuchen.

Mit großer Anstrengung ging er den vertrauten Weg und kam endlich erschöpft am Waldrand an. Er hüllte sich in seine mitgebrachte Decke und überließ sich seufzend dem Duft der Blumen, dem Wind und dem Spiel der Wolken. Mit einem Mal stand das Bild seiner Schwester wieder vor ihm und die Sehnsucht nach ihr schmerzte richtig in seiner Brust. Da wurde er plötzlich wieder leicht wie eine Feder, fühlte sich vom Wind hochgehoben und in die Wolken getragen und zog mit ihnen über wechselnde Landschaften, bis er in der Ferne das Gebirge aufragen sah. Da bat er inständig: „Ihr guten Geister – oder wer auch immer ihr seid, die ihr mich bis hierher getragen habt, bitte bringt mich zu meiner Schwester!" Diesmal türmten sich keine Gewitterwolken auf, still und lautlos zog er dem Gebirge entgegen und als er die ersten Bergketten unter sich sah, fühlte er sich wieder schwerer werden und langsam auf ein felsiges Tal zugleiten. Schließlich landete er etwas unsanft auf einem kleinen Stückchen Gras inmitten von Felsen und Geröll.

Jakob sah sich um. Weit und breit war keine menschliche Behausung zu sehen. Mühsam suchte er sich einen Weg über Felsbrocken und Geröll, bis er an eine hohe Felswand kam und es nicht mehr weiter ging. Erschöpft setzte er sich hin, um wieder zu Atem zu kommen, als er ein leises Weinen vernahm, das aus dem Felsen zu kommen schien. Er drehte sich um und sah einen Felsspalt, breit genug, um einen Menschen durchzulassen. „Ob da drinnen meine Schwester wohnt?" überlegte sich Jakob und sein Herz klopfte plötzlich gewaltig, und bange fragte er sich weiter: „Wer weis, was mir dort begegnen wird?" Dann aber nahm er seinen ganzen Mut zusammen und zwängte sich durch den Spalt. Plötzlich befand er sich in einer großen, geräumigen Höhle. Ein Aufschrei ließ ihn zusammenfahren. Aber es war seine Schwester, die ihm entgegenstürzte. „Jakob, mein Bruder! Bist du es wirklich?" Abwechselnd weinte und lachte sie und konnte sich lange Zeit nicht fassen. Endlich aber beruhigte sie sich, nahm ihr Kind, das die ganze Zeit über weinend in seinem Bettchen gelegen hatte, auf den Arm und beruhigte es. „Das ist meine Tochter, aber bitte erzähle mir, wie du mich gefunden hast?" Jakob umarmte froh seine Schwester und das Kind, dann sprach er: „Meine große Sehnsucht hat mich zu dir gebracht," und er erzählte ihr von seinem Flug in den Wolken, erzählte ihr, wie er sie das erste Mal geschaut und welchen Schmerz es ihm bereitet hatte, sie in solchem Elend zu sehen. „Regina, was ist dir geschehen? Ich dachte du lebtest in Saus und Braus bei deinem reichen Ehemann, und nun finde ich dich hier in dieser Höhle, in zerrissenen Kleidern, wie eine Bettlerin! Wo ist dein Ehemann? Ach, ich kann es einfach nicht fassen!"

Da brach seine Schwester in Tränen aus. „Ach, was soll ich sagen Jakob. Ich habe mein Glück in törichtem Zorn und aus Eitelkeit vertan! Ja, ich könnte leben wie eine Königin, an der Seite meines lieben Mannes, …" die Stimme versagte ihr, doch als sie sich gefasst hatte sprach sie weiter: „Mein Mann ist König. Diese Steinwüste ist sein Reich und die hohen Felsen am Ende des Tales sind sein Schloss. Bei Gewitter kannst du es sehen, denn dann erwacht hier alles zu Leben. Auch mein König. Und wenn das Gewitter vorüber ist, erstarrt alles wieder zu Stein."

Und weiter erzählte sie:

„Manchmal tobt das Gewitter mehrere Tage und bei einer solchen Gelegenheit hat er damals um meine Hand angehalten. Darum auch seine Eile. Als ich in seinen Wagen gestiegen war, fuhren wir in Windeseile davon, so dass mir Hören und Sehen verging. Aber dann, im Palast angekommen, war das Gewitter zu Ende und alles erstarrte zu Stein. Ich dachte schon, ich müsste verschmachten, als ich endlich diese Höhle fand, mit allem was zum Leben notwendig war, so als wäre sie für mich eingerichtet worden. Beim nächsten Gewitter erschien mein Mann und nun erklärte er mir, dass er in Stein verwandelt und nur bei Gewitter lebendig sei. Aber wenn eine Menschenseele bereit wäre, ihm in die Versteinerung zu folgen, so könnte er erlöst werden.

Oh, Jakob, ich habe es nicht vermocht! Ich konnte ihn nur zornig anschreien. Ich war außer mir! Wie konnte er mir das antun? Ich wollte nicht zu Stein werden! Ich wollte auch keinen Steinkönig zum Mann. Ich wollte leben, mich am Reichtum freuen, tanzen, Feste feiern! Ich hatte nicht begriffen, dass ich das alles ja mit einer liebenden Geste hätte haben können. Jetzt weis ich es, aber nun ist es zu spät! Mein König sah mich so traurig an! Da ich mich nicht zu beruhigen schien, schüttelte er mich heftig und sagte: „Regina, du musst jetzt gehen! Das Gewitter ist bald vorbei! Solltest du gegen deinen Willen hier zu Stein werden, kann nichts mehr helfen!" Und er schob mich zum Palast hinaus.

Lange dauerte es, bis das nächste Gewitter kam. In dieser Zeit hatte ich mich so gefasst, dass ich bereit war bei ihm zu bleiben. Und als sich bei Blitz und Donner die Felsen wieder in den Palast verwandelten, eilte ich die Treppen hoch, stürzte meinem Mann zu Füßen und bat ihn von ganzen Herzen um Vergebung. Er aber hob mich liebevoll hoch und sprach, dass wohl ich ihm zu vergeben hätte, denn schließlich habe er mich aus Eigennutz in diese missliche Lage gebracht. Und da er seine Erlösung hatte erzwingen wollen, wäre ihm nun der Weg zurück zu den Menschen für immer versperrt. Dann erklärte er traurig, dass es eine zweite Gelegenheit nicht geben würde. So lebe ich hier nun. In den gewitterlosen Zeiten wird die Einsamkeit groß und das Essen knapp. Das heißt, eigentlich lebe ich nur in den Zeiten, in denen mich mein König besuchen kommt. Zwar bin ich nicht mehr so einsam, seit meine Tochter da ist, aber der Schmerz wird immer größer, je älter sie wird. Was soll ich ihr sagen?"

Plötzlich ging mit Jakob eine Veränderung vor. Krankheit, Erschöpfung und Angst wichen von ihm und eine nie gefühlte Kraft durchströmte ihn und die Gewissheit, dass auch seine Liebe etwas bewirken kann. Mit klarer Entschlossenheit sagte er: „Soweit ich mich erinnern kann, sprach dein Mann von einer Menschenseele, die bereit sein müsste, ihm in die Versteinerung zu folgen und nicht von einer Frau, ich werde den Zauber lösen!"

174

Seine Schwester versuchte es ihm auszureden, aus Angst, dass auch er dann nur zu Stein würde und alles umsonst wäre. Aber Jakob hörte schon nicht mehr. Ein Gewitter meldete sich an und er eilte dem Ende des Tales entgegen und als das Gewitter losbrach, stand er vor den hohen Felsen, die sich langsam in einen herrlichen Palast verwandelten. Jakob eilte die marmornen Treppen empor, öffnete das große Tor und trat ein. Staunend blieb er stehen, denn eine solche Pracht hatte er noch nie gesehen. Dann hörte er Schritte auf sich zukommen und erkannte den stattlichen Fremden, der damals seine Schwester geholt hatte. Als der König auf ihn zutrat huschte ein Lächeln des Erkennens über sein Gesicht. „Du bist doch der Bruder meiner Frau?" fragte er, „wie kommst du hierher?"

„Die Sehnsucht nach meiner Schwester hat mich hergeführt", antwortete Jakob und bat den König ihm doch den Palast zu zeigen. Gerne kam dieser der Bitte nach und führte ihn durch Säle und Korridore von erlesener Schönheit. Dann lud der König ihn ein, mit ihm zu speisen. Jakob nahm erfreut an, denn nun spürte er, dass er schon lange nicht mehr richtig gegessen hatte. Gerade wollte der König mit seinem Gast anstoßen, als er aufhorchte und sich in tiefem Bedauern an Jakob wandte. „Es tut mir leid, das Mahl jetzt abbrechen zu müssen, aber gleich ist das Gewitter vorbei und du musst dich beeilen das Schloss zu verlassen, sonst wirst auch du zu Stein!"

Doch Jakob blieb ruhig sitzen, sah den König ernst an und entgegnete: „Nein, lieber Schwager, ich gehe nicht. Das Glück meiner Schwester liegt mir zu sehr am Herzen, auch das deine und das eurer Tochter! Ich werde hier bei dir bleiben, egal was über mich kommen mag. Sollte meine Liebe den Zauber nicht brechen können, will ich euer Schicksal teilen!"

Nach diesen Worten trat eine große Stille ein. Der König saß da, keines Wortes mächtig und Tränen rannen über sein Gesicht. Endlich, Jakob schien es eine Ewigkeit, in der er voll Spannung wartete, was geschehen würde, sagte der König leise, fast wie zu sich selbst: „Ich habe große Schuld auf mich geladen, weil ich meine Rettung erzwingen wollte. Und nun, wo alles so ausweglos schien, bekomme ich sie einfach geschenkt, von dir Jakob, hab Dank!"

Da flog die Tür auf und atemlos stürzte seine Schwester herein, die kleine Tochter auf dem Arm. Das Gewitter war vorbei und der Palast stand immer noch da. Sie fiel erst ihrem Mann und dann Jakob um den Hals und war außer sich vor Freude!

Eine Verwandlung ging nun durch das ganze Tal. Es wurde ein schönes, weites fruchtbares Land, die Berge rückten an den Horizont und die letzten Strahlen der Abendsonne vergoldeten die Wolken. Ein Regenbogen spannte sich über das Tal. Jakob war glücklich. Hier konnte er leben!

Herbststurm

Ha!
Herbststurm!
Trage und jage
welkes Gedankenlaub
luftwirbeld davon!
Dass ich endlich
kahl stehe
entblättert
zum Wesentlichen!
um im Frühjahr
wieder
neue Knospen
zu treiben!

Die Nixenorgel

Es war einmal ein Fischer, der wohnte allein in einer kleinen Hütte am Meer. Jeden Tag fuhr er hinaus, um Fische zu fangen, die er dann in der nahen Stadt verkaufte. Eines Tages, als er alle seine Fische verkauft hatte, und sich auf den Heimweg machen wollte, sah er am Brunnen ein kleines Mädchen von etwa sieben Jahren sitzen und herzzerbrechend weinen. Der Fischer, der ein gutes Herz hatte, ging zu ihm hin und tröstete es. Da erzählte ihm das Kind von seinem Kummer. Die Mutter sei krank und vom letzten Geld sollte es Brot kaufen. Aber es hatte das Geld verloren. Und wieder weinte es zum gotterbarmen. Der mitfühlende Fischer gab dem Mädchen das Geld und noch ein wenig mehr, damit es auch noch Honig und Obst für die kranke Mutter besorgen konnte. Glücklich lief das Kind davon und der Fischer ging nach Hause.

Nach einiger Zeit kam eine junge Frau an seinen Stand, an dem er die Fische verkaufte. Sie hatte ihr Töchterchen dabei und der Fischer erkannte in ihm sofort das Mädchen, das damals weinend am Brunnen saß. Die junge Frau bedankte sich bei dem Fischer für seine Hilfe. Von da ab kam sie oft zu seinem Stand, um mit ihm zu reden und auch den einen oder anderen Fisch zu kaufen. Es dauerte nicht lange und den beiden war klar, dass sie miteinander leben wollten. So heirateten sie und die junge Frau zog mit ihrer kleinen Tochter in die Hütte des Fischers. Das Kind blühte richtig auf und war den ganzen Tag draußen, bei Wind und Wellen, spielte mit den Muscheln, oder lag einfach in den Dünen in der Sonne und sah den Möwen und den Wolken nach. Dann kam noch ein kleiner Bruder dazu und das Glück der Familie war vollkommen.

Eines Tages im Herbst, als der Fischer zur Morgendämmerung hinaus aufs Meer fuhr, um zu fischen, geriet er in einen dichten Nebel. Er aber achtete ihn nicht, denn noch nie hatte er sich im Nebel verirrt. Doch als er zur gewohnten Zeit die Küste ansteuerte, erschrak er, denn sie wollte und wollte nicht auftauchen. Er fuhr bis zum Abend und musste schließlich einsehen, dass er diesmal die Orientierung verloren hatte. Voller Sorge legte er sich schlafen. Mitten in der Nacht erwachte er von einer wunderschönen Musik, die aus weiter Ferne an sein Ohr drang. „Wo Musik ist, müssen auch Menschen sein", dachte sich der Fischer und fuhr in die Richtung, aus der die Musik kam, auch sah er dort am Horizont ein schwaches Licht blinken. Aber solange er auch fuhr, er kam weder dem Licht, noch der Musik näher. Schließlich verlosch das Licht und auch die Musik war nicht mehr zu hören. Da schalt er sich einen Narren, mitten in der Nacht einem Irrlicht gefolgt zu sein und legte sich wieder hin, um noch ein wenig zu schlafen.

Als er am Morgen erwachte, sah er am Horizont einen Felsen aufragen und als er näher kam, bemerkte er voller Freude, dass es eine Insel war. Hinter dem Felsen erschienen eine Bucht und eine kleine Hafenstadt. Diese zog sich einen sanften Hügel hinauf und an der Kuppe des Hügels stand ein prächtiger Palast.

Der Fischer fuhr in den Hafen, vertäute sein Boot und ging an Land. Doch keine Menschenseele ließ sich blicken. Beklommen ging der Fischer durch die leeren Straßen und schaute sich um. Aber nirgends fand er einen Menschen, den er hätte fragen können, wo er sich überhaupt befand. Er betrat eine Gastwirtschaft, auch sie war leer. Er klopfte an verschiedene Häuser, ja, nahm sich sogar das Herz, Türen zu öffnen, einzutreten und zu rufen. Aber alles war vergebens. Die Stadt war wie ausgestorben. So, als hätten ihre Bewohner fluchtartig das Weite gesucht. Schließlich, als es dunkel wurde, legte er sich in seinem Boot zur Ruhe. Um Mitternacht jedoch wurde er wieder von der wundersamen Musik geweckt, die er schon draußen auf dem Meer gehört hatte. Sein Herz erfüllte sich mit einer unwiderstehlichen Sehnsucht und so stand er auf, um den Klängen nachzugehen. Sie kamen vom Palast. Wie im Traum ging er durch die nachtdunklen Straßen hügelan. Der Palast war hell erleuchtet und der Fischer schritt durch ein prächtiges Portal. Von dort aus gelangte er in einen großen Saal. Hier standen nun die

Bewohner der Stadt, Kopf an Kopf und lauschten verzückt der herrlichen Musik. Der Fischer war froh, endlich Menschen gefunden zu haben und stellte sich mitten in die Menge. Zuerst aber wollte er der Musik lauschen, zum fragen war nachher immer noch Zeit. Und die wundersamen Klänge hüllten ihn ein und trugen seine Seele fort. Nach einer Stunde klang die Musik leise aus und die Menschen in dem Saal erstarrten zu Stein. Auch dem Fischer erging es nicht anders.

Zuhause aber wartete seine Frau voller Sorge auf ihn. Sie stellte eine Kerze ins Fenster und betete die ganze Nacht. Am frühen Morgen warf sie sich den Mantel über und lief zu den Nachbarn und bat sie, doch hinauszufahren, um ihren Mann zu suchen. Aber die Fischer ließen sich nicht überreden. Der Nebel war zu dicht und die Gefahr, selbst in die Irre zu fahren zu groß. So ging die Frau enttäuscht und voll Tränen wieder nach Hause. Auch in dieser Nacht stellte sie eine Kerze ins Fenster, weinte und betete. Und noch viele Nächte lang weinte, hoffte und betete sie.

Still und traurig wurde auch die kleine Tochter der Frau, die den Fischer wie einen Vater liebte. Und eines Tages, als sie es nicht mehr aushielt, packte sie in aller Heimlichkeit ein Bündel zusammen, nahm ein kleines Boot und ruderte aufs Meer hinaus, den Fischer zu suchen. Und sie ruderte, bis ihre Arme erlahmten, dann wickelte sie sich in eine Decke und schlief vor Erschöpfung ein. Sowie sie erwachte, ruderte sie wieder weiter, mit der unerschütterlichen Hoffnung im Herzen, ihn doch noch zu finden. Am dritten Tag wurde sie von einer Strömung erfasst, die sie schneller fort trug, als sie jemals hätte rudern können. Da war sie froh, denn die Arme schmerzten sehr vom Rudern, die Hände waren voller Blasen und der Rücken tat ihr weh. Erleichtert kuschelte sie sich in ihre Decke und das sanfte Dahingleiten ließ sie bald einschlafen. Um Mitternacht wurde sie von einer wundersamen Musik geweckt, aber das Mädchen fror mit einem Mal, als führe ein kalter Wind über sie. Sie hielt sich die Ohren zu, wickelte sich noch fester in ihre Decke und schlief wieder ein.

Plötzlich fuhr das Boot auf einen Strand auf und das Mädchen erwachte von dem Ruck. Erstaunt blickte sie sich um. Vor ihren Augen lag eine liebliche Bucht, dahinter erhob sich eine kleine Stadt, die sich einen sanften Hügel hinauf zog und von einem prächtigen Palast gekrönt wurde. Bunte Fischerboote schaukelten im Hafen. Mit einem Freudenschrei erkannte sie das Boot ihres Ziehvaters und ruderte, alle Schmerzen vergessend, darauf zu. Doch wie groß war ihre Enttäuschung, als sie den Vater dort nicht fand. Vielleicht war er in einem Gasthaus? Hoffnungsvoll machte sie sich auf den Weg in die kleine Stadt. Das erste Gasthaus, das sie betrat war leer. Auch das nächste und plötzlich wurde ihr bewusst, dass sie noch keiner Menschenseele begegnet war. Wie ausgestorben war die Stadt und das Mädchen wusste nicht, was das zu bedeuten hatte. Als es Abend wurde, ging es zu seinem Boot zurück, um darin die Nacht zu verbringen. Es nahm das letzte Stückchen Brot heraus, das es noch hatte, doch sein Kummer war so groß, dass es keinen Bissen essen konnte und das Brot gedankenverloren in das Wasser krümelte. Im Nu war sein Boot umringt von einer großen Schar von Fischen, die gierig nach den Krumen schnappten. Als kein Brot mehr übrig war, da war dem Mädchen, als wollten ihm die Fische etwas sagen. Sie drängten sich zusammen und bewegten ihre Mäuler wie im Chor. Da beugte sich das Mädchen zum Wasser hinab und konnte langsam verstehen, was sie sagten.

„Wir sind die Kinder dieser Stadt und wurden von einer mächtigen Nixe in Fische verwandelt, weil uns ihre Orgelmusik nicht verzaubern konnte. Aber alle Erwachsenen gerieten in ihren Bann. Die Nixe hat die Seelen unserer Eltern geraubt und nur einmal um Mitternacht dürfen sie aus dem Meer kommen, um der Musik zu lauschen. Dann werden ihre Körper wieder lebendig, die sonst zu Stein erstarrt sind. Du kannst uns alle erlösen, wenn du zur Mittagsstunde die Orgel spielst, denn da ist die Nixe machtlos und kann den Seelen nicht in das Palast folgen. Nach dem Spiel aber musst du sofort die Orgel zerstören!"

„Aber ich kann doch gar nicht Orgel spielen!" sagte das Mädchen traurig.

Da holten die Fische vom Grund des Meeres eine schöne große Muschel herauf und reichten sie ihr mit den Worten: „In dieser Muschel ist eine Perle. Wenn du vor der Orgel sitzt, nimm' sie in den Mund und du kannst die schönsten Melodien spielen. Und wenn du eine Stunde lang gespielt hast, so nimm die Muschel und schlage damit auf die Orgel ein und sie wird zersplittern, wie dünnes Holz!"

Das Mädchen versprach, alles so zu tun und nahm die Muschel an sich. Am nächsten Tag, als es der Mittagsstunde zuging, machte sie sich auf den Weg zum Palast. Sie trat durch das große Portal in den Saal und blieb wie angewurzelt stehen. Der Saal war angefüllt mit Menschen und mitten unter ihnen stand auch der Fischer. Sie wollte schon auf ihn zustürzen, da aber die Menschen aus Stein waren, stieß sie sich daran, denn sie konnten ihr ja nicht Platz machen. Da erinnerte sie sich wieder an ihren Auftrag. Riesig türmte sich die Orgel vor ihr auf, so dass sie sich winzig und verloren vorkam. Und wie das Mädchen die haushohen, silbernen Orgelpfeifen ansah und die großen, in vielen Reihen übereinander liegenden, elfenbeinernen Tasten, da konnte sie sich nicht vorstellen auch nur einen Ton darauf zu spielen. In diesem Moment hörte sie, wie eine nahe Kirchturmuhr zwölf Uhr schlug. Da gab sie sich einen Ruck, holte die Perle aus der Muschel und steckte sie sich in den Mund, wie es ihr die Fische gesagt hatten. Dann kletterte sie auf den Stuhl und begann vorsichtig eine Taste anzuschlagen und noch eine. Dann aber griff sie mit beiden Händen hinein und diese spielten wie von selbst. Eine wunderbare Musik ertönte, wie sie das Mädchen selbst noch nie gehört hatte. Die Töne schwollen an und ab, wie mächtige Wogen des Ozeans. Mitgerissen von der gewaltigen Musik gab sich das Mädchen dem Orgelspiel hin. Zeit und Raum versanken und das Kind hätte wohl ewig so weitergespielt, wenn ihm nicht die Perle aus dem geöffneten Mund gefallen wäre und die Musik plötzlich in einem grässlichen Misston endete. Und oh Wunder, es war genau eine Stunde um! Das Mädchen war zu Tode erschrocken, fasste sich aber schnell und begann nun mit der Muschel auf die Orgel einzuschlagen. Und diese zersplitterte, als wäre sie aus dünnem Holz und die riesigen Orgelpfeifen schmolzen wie Butter in der Sonne.

Das Mädchen war so vertieft in seine Arbeit, dass sie gar nicht wahrnahm, wie die Menschen im Saal immer aufgebrachter wurden und schließlich drohend auf sie zukamen.

„Es zerstört die Orgel, es ist wahnsinnig, wir müssen es aufhalten!" so dröhnte es immer lauter und da erst merkte das Mädchen, dass die Menschen voll Wut und Zorn heraufdrängten. „Vater!" schrie sie voller Angst, „Vater hilf mir!" Und der Fischer erkannte die Stimme der Tochter seiner Frau und bahnte sich kraftvoll einen Weg durch die aufgebrachte Menge. Schützend stellte er sich vor das Kind. Aber da wurde schon das Portal aufgerissen und mit wildem Geschrei stürmten große und kleine Kinder herein und riefen nach ihren Eltern. Es war ein heilloses Durcheinander. Als sich der Trubel endlich soweit gelegt hatte, konnte sich ein schönes, etwa vierzehnjähriges Mädchen Gehör verschaffen. „Ich bin die Tochter des Bürgermeisters dieser Stadt. Meine Eltern kamen, wie ihr wisst, vor einiger Zeit bei einem Sturm auf dem Meer um. Eine Nixe brachte sie in ihre Gewalt und mit dem Spiel auf ihrer Orgel bekam sie auch Macht über eure Seelen. Da ihre Musik uns Kinder nicht verzaubern konnte, verwandelte sie uns in Fische und als diese mussten auch wir ihr dienen. Nun sind wir erlöst, nur müssen wir die letzten Reste der Orgel noch zerstören und ins Meer werfen!"

Dies taten alle nun mit großem Eifer und als sie die letzten Trümmer der Orgel ins Meer geworfen hatten, brodelte dieses auf und aus einem Wasserstrudel, der sich gebildet hatte, stiegen zwei leuchtende Kugeln empor, die der Sonne entgegen flogen und im Nu verschwunden waren. Die Tochter des Bürgermeisters weinte und sprach: „Das waren die erlösten Seelen meiner Eltern, nun hat die Nixe auch über sie keine Macht mehr!" Dann trat sie auf das Mädchen zu, umarmte es und sprach: „Dir haben wir unsere Rettung zu verdanken! Komm, sei unser Gast und dein Vater auch!" Dann rief sie allen zu: „lasst uns ein großes Fest feiern!"

Doch die Kleine sprach: „Wir müssen schnell nach Hause zu meiner Mutter und zu meinem Bruder, denn die warten schon so lange auf uns", und fasste den Fischer fest an der Hand.

Die Tochter des Bürgermeisters aber bat: „Deine Mutter und dein Bruder können doch hierher kommen und wir könnten alle zusammen hier leben, jetzt wo ich doch keinen Vater und keine Mutter mehr habe!" Das Mädchen aber antwortete: „Mir wäre viel lieber, du würdest mit uns kommen und bei uns leben, nicht wahr Vater?" und sie sah den Fischer bittend an. „Von Herzen gerne", antwortete der Fischer und nach einiger Überlegung willigte die Tochter des Bürgermeisters ein. Sie hatten gar nicht bemerkt, dass sie inzwischen alleine waren. Die Bewohner der Stadt waren mit ihren Kindern in ihre Häuser zurückgekehrt und hatten ihr gewohntes Leben wieder aufgenommen. Der Fischer aber fuhr mit den beiden Mädchen zurück in seine Heimat.

Wie glücklich war seine Frau, als sie die beiden Totgeglaubten wieder in ihre Arme schließen konnte. Die Tochter des Bürgermeisters aber nahm sie auf, wie ein eigenes Kind. Und diese brachte Segen in die kleine Hütte, denn sie konnte so geschickt mit Nadel und Faden umgehen, dass ihre Stickereien bald überall begehrt waren. So trug sie zum Wohlstand der Familie bei. Die beiden Mädchen aber waren unzertrennlich und gingen füreinander durchs Feuer, auch wenn jede ihren eigenen Weg durchs Leben fand.

Das Schlangentor

Zu einer anderen Zeit, in einem anderen Land, da lebten ein Mann und eine Frau. Sie hatten einen Sohn, den sie über alles liebten. Da es ihr einziges Kind war, hüteten sie es Tag und Nacht wie ihren Augapfel und trugen stets große Sorge um sein Wohlergehen. So wuchs der Knabe zu einem jungen Mann heran. Aber er brachte nichts zuwege, denn er war ängstlich und schnell verzagt.

Vater und Mutter machten sich große Sorgen um ihn, da er nichts rechtes lernen wollte. Sie waren jetzt schon alt und wussten, dass sie bald sterben würden. Was sollte nur aus ihrem Sohn werden? In ihrer Not beschlossen sie, ihn zu verheiraten. Dann hätte er wenigstens eine Frau, die sich um ihn kümmern würde. Und das taten sie auch. Sie suchten und fanden eine junge Frau, die bereit war ihren Sohn zu heiraten. Die Eltern überließen dem jungen Paar das Haus und zogen in eine kleine Wohnung. Bald darauf starb der Vater und ein paar Monate danach folgte ihm die Mutter.

Das kleine Erbe, das die Eltern ihrem Sohn hinterlassen hatten, war bald aufgebraucht und das junge Paar musste sich nun überlegen, wovon sie leben sollten. Die Frau merkte schnell, dass ihr Mann zu ungeschickt war, um den Lebensunterhalt zu verdienen und verdingte sich zunächst als Dienstmädchen, dann arbeitete sie als Kellnerin in einer Gastwirtschaft. Dort bekam sie gutes Geld, hatte obendrein noch ihren Spaß und konnte gut auf ihren verzagten und zauderlichen Ehemann verzichten. Der aber saß den ganzen Tag nur zu Hause und wusste nichts mit sich anzufangen. So verfloss die Zeit.

Eines Nachts, als er wieder einmal vergeblich auf seine Frau gewartet hatte, fiel er in einen unruhigen Schlaf und träumte, dass ihn ein großer Fisch verschlungen hätte. Im Bauch des großen Fischen befand sich aber noch ein kleiner Fisch, dieser lebte noch und sprach zu ihm: „Wenn du jetzt tust, was ich dir sage, kommen wir beide frei und es wird dein Glück sein!"

„Was soll ich denn tun?" fragte der junge Mann weinerlich, denn er hatte große Angst in dem Fischbauch.

„Du findest hier genug Gräten, suche eine recht große heraus und stoße sie dem großen Fisch ins Herz. Er wird sterben und das Wasser wird ihn an Land spülen. Dort kannst du uns dann befreien, mich aber wirf in den See zurück. Dem großen Fisch aber schneide die Augen heraus und verwahre sie gut, denn sie werden dir Glück bringen!"

Der junge Mann erwachte und wunderte sich über diesen Traum. Und weil er plötzlich Sehnsucht hatte, an einem Wasser zu sitzen, verließ er zum ersten Mal seit langem das Haus und fuhr zu einem nahen See. Dort setzte er sich ans Ufer und träumte seinem Traum nach. Er warf Brotbrocken ins Wasser und freute sich an den kleinen flinken Fischen, die danach schnappten. So saß er eine ganze Weile da und kam ins Dösen, denn die Sonne schien warm und die Wellen plätscherten regelmäßig an den Strand. Als er nach einiger Zeit die Augen wieder öffnete, sah er plötzlich zu seinen Füßen einen großen Fisch liegen, sein Maul war weit aufgerissen und er starrte ihn mit seinen toten Augen an. Der junge Mann wusste im Moment nicht, ob er wache oder träume. Dann aber, einem inneren Impuls folgend, holte er ein Taschenmesser hervor, das er als Geschenk seines Vaters stets bei sich trug und öffnete vorsichtig den Bauch des großen Fisches. Und tatsächlich zappelte darin ein kleiner Fisch. Er nahm ihn heraus und warf ihn ins Wasser zurück. Da war ihm, als riefe das Fischlein ihm zu, er solle ja nicht vergessen, die Augen des toten Fisches mitzunehmen. Verwirrt betrachtete der junge Mann den toten Fisch. Es ekelte ihm vor den glotzenden Augen, aber dann schnitt er sie trotzdem heraus. „Wer weiß, wozu es gut ist?" dachte er bei sich, so tief wirkte noch sein nächtlicher Traum nach.

Inzwischen waren schwarze Wolken aufgezogen, aber der junge Mann merkte es erst, als das Gewitter losbrach. Binnen kurzer Zeit war er bis auf die Haut durchnässt. Und ein Sturm kam auf, dass ihm der Atem verging. Er versuchte, nach Hause zu fahren, aber die Straße war ein reißender Bach geworden und gegen den Sturm kam er nicht an. Nirgendwo in der Nähe konnte er ein Haus oder eine Scheune entdecken, wo er Unterschlupf hätte finden können.
Da sah er etwas entfernt eine Gruppe von Bäumen stehen und kämpfte sich bis dahin durch, denn er hoffte zwischen den Bäumen etwas geschützter zu sein. Als er ankam sah er mehrere Männer und Frauen, die hier ebenfalls Zuflucht gesucht hatten. Sie drängten sich aneinander um sich gegenseitig zu wärmen, scherzten und

lachten und nahmen ihn in ihren Kreis auf. Sie ließen ihn aber bald in Ruhe, als sie merkten, dass er auf ihre Späße und Scherze nicht einging.

Als Gewitter und Sturm nachließen, machte sich die Gruppe auf den Heimweg, nur eine Frau blieb. Die ganze Zeit über hatte sie den jungen Mann unverhohlen angesehen, so dass er ganz verlegen wurde und nicht wusste, wohin er schauen sollte. Sie hatte schwarzes, fülliges Haar und schwarze Augen. Ihr Gesicht und ihre Gestalt waren ebenmäßig und schön. „Schön wie eine Raubkatze", dachte er und wurde rot bis hinter die Ohren. Da ihm unbehaglich zumute war, wollte er sich so schnell wie möglich aus dem Staub machen. Gerade wollte er losgehen, da hielt sie ihn zurück und sprach: „Ich möchte dich kennen lernen, wer bist du?" Der junge Mann stotterte seinen Namen, er wand sich förmlich unter ihrem Blick. „Woher kommst du?" fragte sie unbeirrt weiter. Er nannte seinen Heimatort. „Da ist es zu mir näher", sagte sie und blickte ihn fest an, „du begleitest mich doch?" Da er nicht fähig war weder ja noch nein zu sagen, umfasste sie ihn einfach und er ließ sich widerstandslos mitziehen.

Nach kurzer Zeit blieb sie vor einer prächtigen Villa stehen. Die hatte Erker und Türmchen und war über und über mit wildem Wein bewachsen. Der Garten, in dem die Villa stand, mutete wie ein Zaubergarten an, denn exotische Blumen und Pflanzen wuchsen da und verströmten einen betörenden Duft. „Willkommen in meinem Schloss, mein Prinz!" lächelte sie und geleitete ihn durch den Garten zur Haustür.

Es war ein schweres, mit Ornamenten reich verziertes Tor. Als der junge Mann es näher betrachtete, erkannte er, dass die Ornamente aus Schlangenkörpern bestanden. Die Augen der Schlangen waren jeweils kleine, funkelnde Edelsteine. Fasziniert blickte der junge Mann auf das Tor, bis ihn die Frau sanft beiseite schob und es öffnete. Sie ließ ihn eintreten. Die Räume, durch die sie ihn nun führte, waren mit wenigen, aber kostbaren Möbelstücken eingerichtet und strahlten eine kühle Schönheit aus. Eigentlich hatte er anderes erwartet, eher dicke Teppiche und weiche Felle und schwere Möbel mit viel Zierrat. Er fühlte sich wie in einer anderen Welt und sicher trug dazu auch das seltsame Zwielicht bei, das hier herrschte.

Nun gelangten sie in einen großen runden Saal, dessen Decke von Säulen getragen wurde. Die Säulen waren aus Marmor und stellten wohlgestaltete Jünglinge dar. In der Mitte des Saales führte eine elegante Wendeltreppe nach oben. Und dorthinauf führte die schöne Frau den jungen Mann. Der Raum, in den sie nun kamen, war genauso rund, wie der Saal darunter, aber ohne Säulen. Die Decke wölbte sich kuppelförmig darüber und zeigte einen Sternenhimmel. Es gab keine Fenster, der Raum aber wurde von dem Glanz der Sterne an der Decke erhellt, die ein pulsierendes Licht ausstrahlten und dem Raum eine eigentümliche Atmosphäre verliehen. Mal schien ihm der Raum kalt und überirdisch, dann wieder warm und paradiesisch. Die Wendeltreppe war von einem Geländer umgeben, das aus schwarzem Ebenholz kunstvoll geschnitzt war. Auch hier waren es Schlangenmotive, wie an der Eingangstür. Im Raum aber standen sieben Becken aus schwarzem Marmor. Gewundene Schlangenkörper bildeten den Fuß und auf den Schlangenköpfen ruhten die Schalen.

Als der junge Mann in das Rund trat, erloschen plötzlich die Sterne. Es wurde so dunkel, dass er nicht einmal mehr die Hand vor den Augen sah. Er bekam einen gewaltigen Schrecken. Dann fühlte er wie die Frau an ihm vorbei glitt und die Nackenhaare sträubten sich ihm. Sie füllte jede Schale mit einer leuchtenden Flüssigkeit, die sofort seltsam zu tönen begann und ein dämmriges Licht verbreitete. Dunkle Schatten bewegten sich plötzlich langsam am Boden und der junge Mann sah mit Entsetzen, dass der ganze Boden mit schwarzen Schlangenleibern bedeckt war, oder war es der riesige Körper einer Schlange? Er spürte das Auf- und Abwogen unter seinen Füßen und ihm schwanden die Sinne.

Als er wieder zu sich kam, lag er auf einem fürstlichen Bett. Ein kleines Silbertischchen stand daneben, mit einer kristallenen Schale, in der die herrlichsten Früchte lagen. Er fühlte sich matt und elend. In seinem Kopf dröhnte es, als seien darin all die klingenden Schalen eingesperrt und er spürte eine heftige Übelkeit. Als er sich vorsichtig aufrichtete, hörte er eine weiche, dunkle Stimme: „Nimm von den Früchten, sie werden dir gut tun." Und die schöne schwarzhaarige Frau setzte sich an seine Bettkante. Er hatte nicht bemerkt, dass sie im Raum war. Ängstlich wich er zurück. Sie aber lächelte ihn freundlich an. „Warum hast du Angst vor mir? Ich tu dir nichts", sagte sie mit noch sanfterer Stimme.

„Was willst du von mir? Warum hast du mich hierher gebracht?" fragte er und eine leichte Röte stieg ihm ins Gesicht.

Sie lachte leise und antwortete: „Du bist doch freiwillig mitgekommen, oder nicht? Ich habe dich nicht gezwungen." Dann wurde sie ernst und nach einer Pause sprach sie weiter: „Ich bin die Dienerin der Schlangengöttin und alles was sie von dir will, ist nichts weiter als ein wenig von deinem Blut. Dafür wirst du reich beschenkt und kannst leben wie ein Fürst. Jedes Jahr zum Sonnwendvollmond muss ich einen jungen Mann finden, der freiwillig mit hierher kommt. Finde ich keinen, so verschlingt sie mich und eine neue Dienerin erscheint. Bringe ich einen, so ist sie friedlich und beschenkt mich mit ihrer Macht. Gestern Nacht hat sie schon von deinem Blut getrunken und ist sehr zufrieden. Bis zur Neumondnacht musst du hier bleiben, um die Schlangengöttin nachts mit deinem Blut zu stärken. Aber habe keine Angst, es wird dir nichts geschehen, die Früchte hier geben dir immer wieder alle Kraft zurück und ich bin so lange deine Dienerin und werde dir jeden Wunsch erfüllen."

„Es ist nur ein böser Traum", dachte sich der junge Mann und wollte aus dem Bett springen und davonlaufen, aber da wurde ihm schwarz vor Augen und er sank wieder in die Kissen zurück. „Komm, iss diese Früchte und du wirst sehen, wie dir davon gleich besser wird", sprach die Schöne mit ihrer sanften Stimme und reichte ihm eine Frucht. Zögernd nahm er sie. „Wenn sie mich damit vergiften will, oder willenlos machen kann?" ging ihm noch durch den Kopf, aber er war zu schwach, um sich weiter zu wehren. So aß er die ihm dargebotene Frucht – und sie schmeckte köstlich. Sofort hörte das Dröhnen in seinem Kopf auf und auch die

Übelkeit war verschwunden. Nachdem er die Schale leer gegessen hatte, fühlte er sich so froh und leicht, wie noch nie in seinem Leben. Er genoss es, im Bett zu liegen und von der schönen Frau verwöhnt zu werden. Die Erinnerung an sein Blutopfer war verschwunden, ebenso die Erinnerung wie er hierher gekommen war. Er lebte wie ein Fürst und das einzige, was seine Freude hätte trüben können – wenn es ihm bewusst geworden wäre – war, dass er ein Gefangener war. Aber er merkte es nicht. Die Tage verbrachte er in süßem Rausch und an die Nächte hatte er keine Erinnerung. Und immer, wenn er morgens mit dröhnendem Kopf und heftiger Übelkeit erwachte, saß die Schöne schon an seinem Bett und hielt ihm die Schale mit den Früchten hin und bereitwillig nahm er davon. So verging die Zeit.

Am achten Tag wachte er früher auf als sonst. Er wusste selbst nicht warum. Ein böser Traum musste ihn wohl geweckt haben, denn er zitterte am ganzen Leib und war in Schweiß gebadet. Automatisch langte er nach der Schale, aber die war leer. Es war ihm so elend, dass er meinte, sterben zu müssen. Er quälte sich aus dem Bett, um die Frau zu finden. Warum war sie denn nicht schon bei ihm, um ihn mit den Früchten zu verwöhnen? Er suchte sie in allen Räumen, aber sie war nicht da. „Vielleicht ist sie oben?" dachte er und ging zur Wendeltreppe. Da sah er, was er bisher noch nicht bemerkt hatte: die Wendeltreppe führte nicht nur nach oben, sondern auch nach unten. Nun war er sich fast sicher, sie dort unten anzutreffen. Er schleppte sich die Treppe hinunter. Sein Kopf wollte ihm schier bersten und die Übelkeit trieb ihm den Schweiß aus allen Poren. Je weiter er aber nach unten kam, desto heller wurde es. Schließlich endete die Treppe wieder in einem kreisrunden Saal. Das Geländer hier war aus fast weißem Holz, aber mit den gleichen Schlangenmotiven. Der Saal war in gleißendes Licht getaucht, dass ihm die Augen schmerzten und als er sich umsah, erblickte er mit Entsetzen, dass sich am Boden eine riesige weiße Schlange wand. Ihr Kopf, so groß wie ein Bullenhaupt, züngelte suchend durch den Raum. Statt der Augen aber hatte sie zwei schwarze Höhlen aus denen Dunkelheit strahlte, die in zwei schwarzen Kegel wie Schatten durch den

Raum huschten, worauf auch immer die Schlange ihren augenlosen Blick richtete. Schlagartig überfiel ihn plötzlich die Erinnerung, wie er in dieses Haus gekommen war und was mit ihm geschah. Er erinnerte sich an den anderen Raum mit der schwarzen Schlange, aber da fühlte er schon ihren Blick wie eine tödliche Drohung auf sich gerichtet und im selben Moment ertönte überall im Raum eine so tiefe und volle Stimme, wie er sie noch nie gehört hatte, und gleichzeitig auch in seinem Kopf: „Du hast mir die Augen mitgebracht, dein Glück!"

„Die Augen des Riesenfisches!" schoss es ihm durch den Kopf und zitternd vor Aufregung suchten seine Hände in den Hosentaschen. Er fand die Augen und zog sie heraus. Zu seiner Überraschung waren es zwei Bälle aus purem Gold. Im hellen Licht des Saales glühten sie auf und wurden so heiß, dass sich der junge Mann die Hände verbrannte. Aber da hatten sich auch schon die beiden dunklen Kegel des Schlangenblicks darauf geworfen und wie von einem Magneten angezogen, fuhren sie in die schwarzen Augenhöhlen der weißen Schlange. Da dröhnte und vibrierte das ganze Haus, als würden tausend Riesengongs auf einmal angeschlagen. Der Schlangenleib ringelte und wand sich und wurde dabei immer dicker und größer. Langsam begann sich die Unterseite dunkel zu färben, bis sie schwarz war. Als sich der Prozess vollendet hatte, füllte die Schlange den ganzen Raum von oben bis unten. Ihre Oberseite war weiß und strahlte so hell, dass man sie fast nicht anschauen konnte. Die Unterseite der Schlange aber war schwarz und sog das Licht wieder auf, sodass ein eigenartiges Pulsieren entstand. Der junge Mann hatte sich auf die Treppe geflüchtet, da dröhnte die Stimme wieder in und um ihn: „Ich bin wieder ganz!" und vor seinen erstaunten Augen verschwand der Schlangenkörper.

Der junge Mann stand da, unfähig sich zu rühren. Wieder hatte er das Gefühl, in einem wirren Traum gefangen zu sein, aus dem er endlich aufwachen wollte. Sein Kopf dröhnte und seine Pulsadern brannten wie Feuer. Ihm war speiübel. Endlich konnte er sich übergeben. Es war zäher, grüner Schleim, den er erbrach, wieder und wieder. Endlich war er fertig und fühlte sich sofort besser. Langsam ging er die

Wendeltreppe hinauf. Als er in den Saal trat, der von Säulen umgeben war, wunderte er sich, denn der Saal war voller Jünglinge und die Säulen waren verschwunden. Sie umringten ihn und dankten ihm für ihre Erlösung.

Nun erfuhr der junge Mann, dass dies auch sein Schicksal gewesen wäre, denn in der Neumondnacht wurden die Jünglinge, deren Blut die Schlangengöttin getrunken hatte, zu Steinsäulen, die die Decke der Opferstätte trugen. Alle drängten nun aus dem Haus, bis auf den jungen Mann, der wollte wissen, was aus der Dienerin der Schlangengöttin geworden war. Er suchte sie und fand sie in dem Raum, in dem er immer gelegen hatte. Sie lag in seinem Bett. Oder war es ihr Bett, in dem er die ganze Zeit gelegen hatte? In ihrer ganzen Schönheit lag sie da und schien zu schlafen. Als der junge Mann aber näher zu ihr hintrat, um sie noch einmal genau zu betrachten, geschah eine merkwürdige Veränderung mit ihr. Unter seinen entsetzten Blicken wurde die Frau älter und älter, das schwarze Haar wurde erst grau und dann schneeweiß, bis eine uralte, runzelige, zahnlose Muhme im Bett lag. Und nicht lange, da zerfiel ihre Haut, ihr Fleisch zu Staub und auf dem Bett lag nur noch ein schimmerndes Skelett.

Da grauste ihm und so schnell er konnte lief er aus dem Haus. Er stürzte durch das schwere, mit Schlangenornamenten verzierte Tor und schlug es krachend hinter sich zu. Da fiel das ganze Haus wie Staub in sich zusammen. Die exotischen Pflanzen und Blüten verwelkten im Garten und ehe er sich's versah, stand er in dem kleinen Wäldchen, in dem er – es schien eine Ewigkeit her zu sein – vor dem Gewitter Schutz gesucht hatte.

Als er sich endlich gefasst hatte, machte er sich auf den Weg nach Hause. Als er an dem See vorbeikam, sah er unwillkürlich zu der Stelle, an der der große tote Fisch gelegen hatte. Er war nicht mehr da. An der gleichen Stelle aber saß eine junge Frau, hatte die Arme um die Beine geschlungen und sah über das Wasser. Als sie seinen Blick spürte, sah sie zu ihm auf. Ihre Blicke trafen sich und es war wie ein uraltes Erkennen. Er setzte sich zu ihr und wortlos saßen sie lange da. Endlich erhob er sich und sprach: „Ich muss nach Hause."

„Ja", sagte sie, „ich werde auch gehen." „Sehen wir uns wieder?" wagte er zu fragen. „Bestimmt", antwortete sie, „wenn du für mich frei bist."

Er ließ sich noch ihren Namen und ihre Adresse geben und ging dann nach Hause. Nun wusste er, was er zu tun hatte. Er ging in das Gasthaus, in dem seine Frau arbeitete. Sie schäkerte gerade mit einem Mann. Erschrocken sprang sie auf. Er aber sprach freundlich zu ihr: „Du bist frei, denn nun weiß ich, dass du nicht die Frau für mich bist und ich bin auch nicht der Mann für dich. Meine Eltern haben diese Verbindung gewollt, aber nun ist es an der Zeit, sie wieder zu lösen." Die Frau war sehr froh darüber und noch mehr, als sie hörte, dass er ihr das Haus und alles was darin war überlassen wollte.

Er aber zog in die Stadt, in der die junge Frau lebte, die er am See getroffen hatte. Er suchte sich eine Arbeit und fand auch bald eine. Überhaupt schien er wie von einer Glückswelle getragen, denn alles, was er begann, gelang ihm zum Besten und es dauerte nicht lange, da feierte er mit seiner neuen Liebe Hochzeit.

Sucht

Gierig
sauge ich an allem
was mir verspricht
den Hunger zu stillen!

Die Nabelschnur
in der Hand
suche ich
nach dem verlorenen Anschluss!

Wo ist der Kontakt,
der mehr hält
als er verspricht?

Trinken will ich
das Leben
in vollen Zügen!
-       von dir! ?
-       aus dir! ?

Verbindung

Aschenputtel

Lange!
schon zu lange
sitze ich in der Asche
meiner verbrannten
Träume!

Oft!
schon zu oft
habe ich mich
zurechtgestutzt,
um in die Schuhe der
Erwartung
anderer zu passen!

Aber langsam
langsam
erinnere ich mich:

an mein Sternenkleid
an mein Mondkleid
an mein Sonnenkleid!

Und bald!
schon bald
werde ich auch
den verlorenen Schuh
wieder finden –
meine eigene
mir gemäße Größe!

Und dann!
Erst dann
bin ich Königin
in meinem eigenen
Reich!

Wie Phönix aus der Asche

Kompromisslos
habe ich mich
    immer wieder
dem Feuer der Liebe
hingegeben,
den Schmerz
der Auflösung suchend,
um aus der Substanz
meiner Selbst
    immer wieder
neu zu erstehen!

Jetzt
gebe ich mich
mir selbst hin,
prüfend
ob diese Liebe
dem Feuer

der Konfrontation
standhält,
wenn niemand mehr da ist,
auf den ich mich
projizieren kann.

Selbstzweifel und
Selbsthass
sind die Nahrung
für dieses Feuer,
das hoch auflodert.

Und wieder einmal mehr
    und tiefer
     werde ich
wie Phönix aus der Asche
mir selbst entsteigen!

Über die Autorin:

1944 in Bregenz, Österreich, geboren lebt Silvia Hein seit 1969 in Deutschland und sei 1981 in München. Sie ist professionelle Märchenerzählerin, Referentin und Seminarleiterin in der Erwachsenenbildung und Heilpraktikerin für Psychotherapie.

Als Märchenerzählerin, Therapeutin und Poetin folgt sie "den Bildern der Seele". Ihre Märchen, Geschichten und Gedichte, die wie Träume aus den Tiefen der Seele aufgetaucht sind, empfindet sie als Geschenk, das weitergegeben werden möchte.

Ihre langjährige Erfahrung als Märchenerzählerin und die intensive Beschäftigung mit Märchen, Mythen und Träumen halfen ihr ein tiefes Verständnis der archetypischen Ebene zu bekommen, die tief in das kollektive Unbewusste (C.G. Jung) reicht. Auf dieser bildhaften, assoziativ-intuitiven Ebene erfährt sie sich nicht nur als Begleiterin, oder Dolmetscherin der Bildersprache, sondern auch als Pfadfinderin im „weißen Land der Seele", und immer auch als Lernende.
„In dieser Arbeit wachsen wir gemeinsam, sie nährt und heilt auf einer tiefen Ebene und lässt mich immer in großer Dankbarkeit zurück." (Silvia Hein)

Als Bühnenerzählerin hat sie sich inzwischen einen Namen gemacht. Sie verbindet auf ihre eigene Weise die Erzähl-Kunst mit der Heil-Kunst. Ihre umfassende Kreativität drückt sich in ihren Märchen, Gedichten und Zeichnungen aus.

Homepage: www.seelenraeume.com